KB000251

"이 세상에서 내게 의견을
말할 수 있는 자는 없다.
얌전히 있어."

일러스트레이션 : Asahiko

異
戀

섬(纖)의 제회(際會)

이연~섬(纖)의 제회(際會)~

초판 1쇄 찍은 날 | 2014년 11월 1일
초판 1쇄 펴낸 날 | 2014년 11월 10일

지은이 | chi-co
그린이 | 아사히코
옮긴이 | 윤슬
펴낸이 | 예경원

편집책임 | 박우진
편집 | 오아현

펴낸곳 | 예원북스
등록번호 | 제396-2012-000132호
등록일자 | 2012. 7. 25
YRN | 제6-0003호

주소 | 경기도 고양시 일산동구 무궁화로 8-28 삼성메르헨하우스 712호 (우) 410-837
전화 | 031-819-9431 팩스 | 031-817-9432
http://blog.naver.com/ainandfin
E-mail | ainandfin@naver.com

ISBN 979-11-5630-692-4 03830
ISBN 979-11-5630-756-3 (set)

※ 파본은 구입하신 서점에서 교환하여 드립니다.
※ 저자와 협의하여 인지를 붙이지 않습니다.
※ 이 책은 예원북스와 Cosmic Publishing / NTT Solmare 와의 계약에 의해 출판된 것이므로 무단 전재 및 유포, 공유를 금합니다.
※ 이 도서의 국립중앙도서관 출판시도서목록(CIP)은 서지정보유통지원시스템 홈페이지(http://seoji.nl.go.kr)와 국가자료공동목록시스템(http://www.nl.go.kr/kolisnet)에서 이용하실 수 있습니다.

이
異

별
戀

섬(織)의 제회(際會)

Chi-Co 글
아사히코 그림
윤슬 옮김

Elle
엘르 노블
Novel

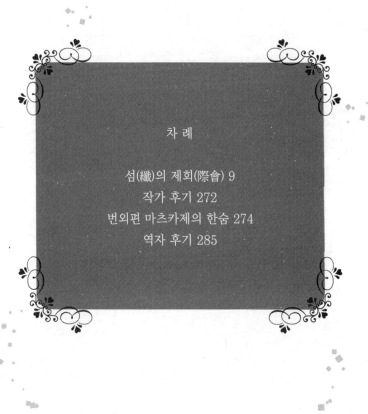

차 례

코요 천황 「아키마사」

코미야 치사토

여름방학에 할머니 집에 놀러간 코미야 치사토는 커다란 창고에서 화려한 골동품이 가득 담긴 궤를 발견한다. 그 빼어난 아름다움에 매료된 치사토는 달콤하게 피어오르는 향기를 맡고 궤 속으로 떨어지고 만다.

정신을 차려보니 치사토의 눈앞에 펼쳐진 것은 난생처음 보는 광경으로, 역사 시간에 배운 헤이안 시대와 매우 닮은 세계였다. 놀란 치사토 앞에 나타난 천황은 상상조차 못할 만큼 난폭하고 심술궂은 남자인데-?!

—지금까지의 줄거리—

섬(纖)의 제회(際會)

~ 섬(纖)의 제회(際會) ~

월령 2일, 섬월(纖月)

가느다란 달이 뜨는 날
중대한 사건이나 시기와 조우하다.

섬(纖)의 제회(際會)

"치사토(千里)님… 이라고 하셨습니까?"

"……."

"처음 뵙습니다. 대납언(大納言) 고다 쇼에이(鄕田昌榮)입니다."

"……."

목소리에서부터 그 나이를 쉽게 짐작할 수 있는 중년 남성의 음성. 아무리 제 뜻이 아니라고 해도 상대방의 인사에 화답하는 것이 예의겠지만, 아침부터 여덟 명째 상대하고 있자니 정말이지 진절머리가 날 지경이었다.

변성기는 지났지만, 보통 남자보다 다소 높은 목소리는 조심하면 아마 허스키한 여자아이의 것으로 들릴 터였다.

그러나 이 상황에 질려 있던 치사토는 처음부터 대답하기를 거부했다.

"이번 폐하의 성혼을 진심으로 감축드……."

발 너머에서는 치사토의 그런 태도가 느껴지지 않았는지, 남자는 축하 인사를 장황하게 늘어놓았다. 듣고 있는 동안에 하암 하고 하품이 나오려던 찰나,

"고다님."

당돌하게 남자의 말을 가로막은 낭랑한 여자 목소리에 치사토는 반사적으로 등을 곧게 폈다.

"치사토님은 지금까지 조신하고 귀하게 자라오신 아가씨이시기 때문에 처음 만난 분과는 대화를 나누실 수 없사옵니다."

"마츠카제(松風), 내가 말하는 중에 끼어들다니 무엄하구나. 내가 누군 줄 모르느냐!"

불벼락이 떨어짐과 동시에 옷자락이 스치는 소리가 들렸다. 설마 그럴 리는 없겠지만, 남자가 화가 난 나머지 마츠카제에게 손찌검을 하려는 게 아닌가 싶어 마음이 초조해졌다. 남자가 불쾌해진 원인은 누가 뭐래도 치사토의 태도에 있는데, 그 대신이라도 하듯 마츠카제를 혼내는 것 같아 발에 손을 얹었다.

"치사토님."

하지만 마츠카제는 치사토가 발을 걷기 전에 저지하듯 치사토의 이름을 불렀다. 그 목소리에 멈칫한 치사토가 보

였는지, 마츠카제는 차분한 목소리로 말했다.

"송구하오나 치사토님은 폐하께옵서 처문을 마치신 정식 황후님이시옵니다. 그런 치사토님의 마음을 읽고 먼저 움직이는 것이 황후님을 모시는 궁녀의 소임이지요. 황후께서는 아침부터 뵙기를 청하는 분들이 잇달아 찾아와 몹시 지쳐 계시옵니다. 다른 날에 들르심이 어떠하올는지요?"

'대단해, 마츠카제……. 세다.'

상대에게 자신의 의견을 똑 부러지게 말하는 마츠카제의 두둑한 배짱이 부러웠다.

"…하오면 치사토님의 아버님에 관한 이야기만이라도 들려주시겠습니까?"

그 말에 치사토는 한숨을 삼켰다. 이 남자 역시 치사토의 출생이 자못 궁금한 모양이다. 아침부터 만난 상대들은 하나도 빠짐없이 같은 질문을 해왔다.

'그거야 별안간 나타난 내가 궁금해서 그러는 거겠지만.'

이 나라에서 가장 지위가 높은 코요(昴耀) 천황의 황후.

치사토에게는 괴롭기 짝이 없는 직함이 이 세계의 인간에게는 굉장히 명예로운 호칭인가 보다. 그러나 여자가 아닌 치사토는 당장에라도 무르고 싶은 심정이었다.

"폐하께옵서 치사토님에 관한 것은 전부 저를 통하도록 명하셨사옵니다."

"그러나……."

"이제 시간이 다 됐사옵니다. 이쯤에서 돌아가시지요."

"……."

"아니면 폐하께 시간 연장을 청하오리까?"

"아, 아니다. 알았다. 하오면 치사토님, 다시 들르겠습니다."

방금까지 느껴졌던 인기척이 멀어져 가자 치사토는 그제야 어깨의 힘을 빼고 휴우 하고 안도의 한숨을 쉬었다.

"이제 그만 왔으면……."

연달아 나타나는 방문자. 시중을 드는 마츠카제는 고르고 골라서 이 정도라고 하지만, 치사토는 도무지 그런 것 같지 않았다.

이 시대의 특성인 건지 신분이 높은 여성이 남편이나 가족 이외의 사람들과 대면할 때는 반드시 발을 드리워야 한다고 정해져 있었기 때문에, 직접 얼굴을 보지 않아도 되는 만큼 마음은 편했지만, 그럼에도 상대가 발산하는 부정적인 기운이 완전히 가려지지는 않았다.

─그렇다. 치사토의 기분이 바닥을 기는 이유는, 얼굴이 보이지 않는 상대의 말 속에 담겨 있는 노골적인 적의가 원인이었다.

코요 천황의 전 황후가 세상을 떠난 뒤부터 오랜 시간 공석이었던 황후 자리.

권력을 쥐기 위해서 딸과 손자, 끝내는 먼 친척에 이르기까지 코요 천황에게 시집보내려는 계책을 꾸미던 자들은 느닷없이 등장한 치사토의 존재에 술렁였다.

지금까지 새 황후를 간택할 것을 진언해도 완강하게 물리쳤던 코요 천황의 마음을 빼앗고, 갑작스럽게 처문(妻問)이라는 행동을 취하게 만든 여인. 설령 그것이 치사토의 뜻과는 다른 것이라 할지라도 주위에서는 크게 개의치 않는 듯했다.

이름이 거론된 적도, 얼굴을 본 적도 없는 여인이 어떻게 코요 천황에게 접근한 것인가. 아니, 그것보다도 후견인은 누구인가.

신하들은 현재 코요 천황과 가장 가까운 존재인 하기노(萩野)에게 그 의문을 캐물었고, 하기노가 치사토의 후견인이라는 사실을 알게 되자 쉽게 쫓아내기는 불가능하다고 판단한 듯, 이번에는 치사토의 환심을 사기 위해 앞 다투어 광려전(光黎殿)으로 몰려들었다.

찾아오는 사람에게 일일이 대응할 필요는 없다고 코요 천황이 말했지만, 신분이 높은 자들의 요구를 모두 거절하기는 무리인 모양이었다. 마츠카제가 면회를 희망하는 사람의 명단을 코요 천황에게 전했고, 그 가운데 도저히 거절할 수 없는 사람들만 추린 듯했으나 여전히 수가 너무 많았다.

적당히 침묵하는 것도, 아니, 앉아 있는 것조차 고통스러운 치사토는 앉은 채로 저린 다리를 뻗었다.

"몇 명이나 남은 거야~"

쥬니히토에(十二單)를 입고 있지는 않지만, 지금까지 아무 인연도 없었던 기모노를 겹겹이 껴입고, 게다가 긴 가발까지 덧붙인 차림새는 예상했던 것보다 훨씬 어깨가 결렸다.

'어차피 발로 가릴 거면 내가 아니어도 상관없잖아.'

상대방은 치사토의 얼굴도 이름도 모른다. 대역을 세울 것을 진지하게 제안하고 싶었다.

"오늘은 더 이상 손님이 오시지 않을 것이옵니다. 다과를 내올까요?"

고다를 배웅한 마츠카제가 때마침 만주와 차를 들고 발 안으로 들어왔다.

하지만 치사토의 모습을 보고 상냥했던 표정이 살짝 일그러졌다.

"저런, 어찌하여 그런 자세로 앉아 계시옵니까?"

"다리가 저린걸."

옷자락이 다소 흐트러졌지만, 기모노 속까지 보이지는 않았다. 반듯하게 앉으라는 잔소리를 또 듣기 싫어서 일부러 고개를 갸우뚱하고 귀엽게 말하자 마츠카제는 땅이 꺼져라 한숨을 쉬며 옆에 앉았다.

"…잠시만입니다."

일단 허락은 받았다. 치사토는 응, 하고 고개를 끄덕이며 만주를 집었다.

겉으로 보기에는 익히 아는 그 만주였다. 원래 단것을 좋아하지 않았었지만, 최근에는 정신적 피로가 심한 탓인지 맛있어졌다.

정신없이 과자를 입에 넣는 치사토를 물끄러미 바라보던 마츠카제가 얼마 뒤 입을 열었다.

"치사토님."

"우움?"

"폐하를 피하고 계시옵니까?"

"……에."

"에?"

특별한 의미가 없는 말을 되물으니 어쩐지 듣기 거북했다.

'마츠카제 앞에서는 분명한 태도를 보이지 않으려고 주의했는데 어떻게 알았지?'

치사토는 입속에 있던 만주를 다 삼킨 뒤 조심스럽게 물어보았다.

"…누구한테 들었어?"

"폐하께 들었습니다. 처문을 무사히 마치고 엄연한 부부가 되었는데도 곁에서 자는 것조차 허락하지 않으신다며 한탄하셨사옵니다."

"……."

'젠장. 아직 사흘도 안 지났는데 당연한 거 아니야? 그런 걸로 불평 따위 하지 말라고!'

무엇보다 치사토는 코요와의 결혼을 인정하지 않았다.

아니, 사흘 연속으로 어쩔 수 없이 섹스를 했고, 그것으로 결혼이 성립됐다는 것은 현대 일본에서 태어난 치사토에게는 받아들이기 어려운 상식이었다. 아직 학생이라 구체적인 계획을 세우지는 않았으나, 그래도 언젠가 사랑하는 여자와 교회에서 결혼식을 올리고 아이가 태어나고… 막연하게나마 그렇게 되리라고 생각하고 있었다.

그런데 첫 경험의 상대가 남자에, 더군다나 이상한 세계… 라고 할까 차원 자체가 다른 곳의 남자와 결혼을 하다니, 자신이 아니더라도 받아들이는 인간 따윈 없을 것이다.

'게다가 그 녀석이 제멋대로 앞서나가는걸.'

마치 치사토를 놓치지 않겠다는 듯, 서서히 옥죄어오는 것처럼 차근차근 축하연을 준비해 가는 코요. 만날 때마다 진행 상황을 이야기하는 코요에게 반발하고 있는데도, 코요는 치사토의 말을 귓등으로도 듣지 않았다.

"치사토님, 폐하가 싫으시옵니까?"

마츠카제의 질문에 치사토는 흘끗 쳐다보더니 이내 눈길을 돌리고 고개를 떨궜다.

"싫다 좋다 그런 문제이기 전에……."

"전에?"

"그 자식은 약속을 지키지 않았어."

마츠카제 앞에서 코요를 그 자식이라고 부르면 듣기 거북하겠지만, 치사토는 굳이 그렇게 부르고 싶었다.

"처음에는 형식적인 결혼이라고 생각했는데… 정말로 그, 그런 짓을 하다니. 마츠카제는 어떻게 생각해?"

"네가 돌아갈 때까지 부족함 없이 돌봐주마. 물론 그 대가는 톡톡히 받을 것이다."

졸지에 낯선 세계로 떨어져 영문도 모른 채 내 편이라며 꼬드겨졌다. 의심 많은 성격인 치사토도 혼란한 와중에 코요의 사탕발림에 넘어간 기분이 들었다.

그러나 실제로 섹스까지 할 줄이야, 상식적으로 생각해도 코요의 행동이 지나쳤다.

치사토는 제 말에 동의해 달라고 조르듯 마츠카제의 얼굴을 바라보았다.

"우리 둘 다 남자라고. 누구나 알고 있는 그런 결혼은 불가능해."

"치사토님은 하기노님의 양녀이시옵니다. 주위 분들은 모두 치사토님을 여인으로 믿고 계십니다."

외모가 귀엽다는 말을 들어도 기쁘지 않았다.

'호적을 보면 단박에…… 아, 이 시대에는 없을까……?'

그렇다면, 하며 더 중요한 사실로 쐐기를 박았다.

"남자끼리는 절대로 아기가 생기지 않아."

치사토는 의기양양하게 가슴을 쭉 폈다. 그 남자를 소중하게 여기는 마츠카제라면 후계자를 바랄 수 없는 남자 사이의 결혼을 재고하고 취소할 것을 진언할지도 모른다.

하지만 치사토의 그런 아이디어는 마츠카제처럼 머리 좋은 사람이 생각해 내지 못할 리 없었던 듯,

"폐하께옵서는 이미 황자님을 얻으셨사옵니다. 후계자에 관해서는 걱정하지 않으셔도 되옵니다."

마츠카제는 상냥한 표정으로 치사토의 말을 단칼에 잘랐다.

"그, 그럼, 그 애는 자기 아버지가 남자와 결혼한다는 걸 알면 분명 싫어할 거라고!"

나라면 절대로 싫다.

이곳에 온 뒤 치사토는 코요의 제의를 받아들인 것을 새삼 후회했다.

"하나 네가 나타난 때와 똑같은 상황을 만들어줄 수는 있다."

처음 떨어진 장소에서 멀어지기가 불안해서 남자의 제안에 싫다고 거절하지 못했다.

사람들을 속이기 위한 형식적인 결혼이라고 설득당해 억지로 찬성했다.

자신보다 어른인 남자에게 몸을 유린당하고, 그럼에도 불구하고 남자니까 걱정할 필요 없다고, 몸을 포개는 것뿐이라면 괜찮다고, 체념하고 받아들이려 했는데… 역시 무서워서 도망쳤다. 그 행동이 남자의 비위를 거스른 것일지

도 모르나, 치사토의 머릿속은 오로지 원래 세계로 돌아가 리라는 강한 일념으로 꽉 차 있었다.

'그렇지만 이런 식으로 사람들에게 발표할 줄이야…….
어쩔 셈이지……?'

사태가 점점 자기가 상상하지 못했던 방향으로 흘러가는 것에 치사토는 불안에 휩싸였다.

＊　　　＊　　　＊

마츠카제에게 치사토가 자신을 피하고 있다고 말한 것은 의도적이었다.

자신의 말은 듣지 않아도 곁에서 돌봐주는 마츠카제의 이야기는 무시하지 않을 것 같았다. 저래 보여도 치사토는 여인에게 약하다. 코요로서는 기분 나쁜 일이었지만, 항상 곁에 있으면서 동향을 제 눈으로 직접 확인할 수 없는 지금 은 마츠카제가 치사토를 확실하게 감시해 주는 것 외에 다 른 도리가 없었다.

본인은 그렇게 생각하지 않는 듯하나, 치사토는 이 세계 에서 혼자라는 불안감 탓인지 주변 사람들에게 무의식적으 로 빨리 경계심을 풀었다. 상대가 하기노든 사이죠(西條)든 친절한 사람에게는 기분 나쁠 정도로 쉽게 마음을 허락했 다.

아마 이 말을 들으면 치사토는 반박하겠지만, 코요 역시 처음에는 그런 식으로 치사토의 신뢰를 얻으려 했다.

'치사토도 이 광려전에 있기를 바랄 것이다. 다시 도망치거나 할 리는 없겠지.'

원래 세계로 돌아간다느니 어쩐다느니, 아직도 코요가 고개를 갸우뚱할 만한 말을 늘어놓고 있지만, 그것이 어떤 나라든 치사토를 놓아줄 생각은 물론 없었다.

"폐하."

그때 휘장 너머에서 누군가 코요를 불렀다.

"들어가도 되겠습니까?"

"들어오시오."

양해를 구하는 말 뒤로 이번 계획의 공범자인 하기노가 모습을 드러냈다.

"오늘 소신의 저택을 방문한 자들의 명단입니다."

하기노가 내민 종이를 내려다보는 코요의 입가에 냉소가 흘렀다.

"처문의 결과를 공표하고 나서 사흘 만에 스물한 명이라……"

"서찰을 보낸 자들까지 더하면 헤아리기도 어렵습니다."

"다들 관심이 지대한 모양이오."

비어 있던 황후 자리를 둘러싸고 물밑에서 더러운 암투를 벌인 신하들. 다음 천황이 될 가능성이 있는 황자를 생산하면 가문의 영화는 보장된 것이나 다름없었다. 그런데 어느 가문 여식인지도 모를 치사토가 별안간 나타나 황후에 오르자 그들의 계략은 물거품으로 돌아갔다.

제 목적을 달성하지 못한 신하들이 다음으로 취할 행동은 코요 천황에게 새 여어(女御)를 천거하거나 아니면 치사토와 연을 쌓거나 둘 중 하나였다.

'그리도 외척이라는 자리가 탐이 난단 말인가.'

직접적인 이득을 꾀하기 위해 더 가깝게 접근하려는 꼬락서니가 야비하다. 그것이 제 신하들이라고 생각하니 코요는 한숨이 나올 것 같았다.

더 이상 볼 가치도 없는 종이를 내던지자 그것을 주워 든 하기노가 쓴웃음을 흘린다.

"이 시대의 천황이시기 때문입니다."

그렇게 말하는 하기노도 숨겨진 속내가 있다는 것을 충분히 알고 있을 터였다. 그들에게는 코요 천황의 결혼을 축하하는 것 이상으로, 이 결혼으로 세력 판도가 어떻게 변하게 될 것인가가 더 중요한 문제일지 모른다.

들리는 소문으로는 새 황후의 후견인인 하기노의 영화가 당분간 이어질 것이라는 말도 있었다.

"폐하 덕분에 소신은 또 악인이 되고 말았습니다."

비꼬는 하기노에게 코요는 입꼬리를 올리며 대답했다.

"그대도 알고서 가담한 일이잖소?"

"글쎄요. 치사토님이 가엾습니다."

하기노는 그런 마음이 더 클지도 모른다는 것을 시인하는 듯, 다소 기가 차다는⋯ 체념한 듯한 표정을 짓고 있었다.

그것을 눈치챈 코요는 의심스러운 눈초리로 물었다.

"그대는 치사토의 편이오?"

"폐하가 행하시는 방법이 다소 강제적입니다."

"…그렇게 하지 않았다면 치사토를 손에 넣지 못했소."

그리고 자신은 천황이다. 모든 일이 용납되는 입장인 자신이 어떤 수단을 강구하든 상관없다고 자신했던 코요였지만, 생각 외로 치사토는 평범한 수단으로는 묶어둘 수 없는 상대였다.

"소신은 이만 물러가겠습니다."

"치사토를 보지도 않고?"

"용무가 있는 터라 마친 뒤에 배알하겠습니다."

가볍게 인사한 하기노가 떠나자 그곳은 다시 정적이 지배했다.

가까운 시일 내에 거행할 치사토의 피로연은 기일이 정해진 행사였으므로 코요는 과중한 업무에 시달리고 있었다. 치사토는 천황이란 자리가 유유자적 놀기만 한다고 여기는 듯했지만, 코요는 정사를 신하에게 다 맡겨두고 나 몰라라 하지는 않았다. 권력의 속성을 훤히 꿰뚫어보고 있는 코요는 권력이 한 사람에게 집중되는 상황이 얼마나 위험한지 알기 때문이었다.

얼마 동안 정무에 집중하던 코요는 문서를 읽다가 문득 고개를 들었다. 치사토가 지금 무엇을 하고 있을지 불현듯 궁금해졌다.

"……."

일전에 치사토가 도망간 사건을 쓰디쓴 교훈으로 삼은 코요는 치사토의 눈에 띄지 않게 조심하며 경계를 엄중하게 강화했다. 치사토의 움직임을 정기적으로 보고할 것을 지시했고, 치사토도 처문을 마치고 데려온 뒤에는 뜻밖에 얌전하게 있다… 고 생각했다.

그것이 자신을 방심시키기 위한 속셈이라고는 생각하고 싶지 않았으나 치사토를 절대로 놓치지 않으려면 주의에 주의를 거듭할 수밖에 없었다. 코요는 천천히 일어나 광려전으로 향했다.

여전히 치사토의 신변은 불안한 것이다.

처문을 무사히 마쳤다 할지라도 황후 자리를 노리는 자가 있을 것이고, 최악의 경우 치사토를 죽이려는 무리가 나타날지도 모른다. 이 시대의 정점에 선 이는 천황인 자신이었지만, 그 눈을 피해 흉계를 꾸미는 자가 없다고 장담할 수는 없다.

"어멋, 폐하!"

자연스레 발걸음을 재촉해 긴 건널복도를 걷던 코요는 급하게 부르는 소리에 눈살을 찌푸리고 돌아보았다. 이렇게 품위 없이 부르는 걸 보니 무슨 일이 일어난 것 같은 불길한 예감이 머릿속에 맴돌았다.

"폐하, 아뢰옵니다."

나타난 자는 치사토를 모시는 궁녀로, 코요의 발치에 무룷을 꿇고 머리를 조아리며 다급하게 말했다.

"방금 광려전에 치사토님을 뵙고 싶다는 손님이 오셨사
온데……."

"손님? 누구더냐?"

궁녀의 당황한 모습에서 그 내객이 환영할 상대가 아니
라는 걸 알 수 있었다. 치사토와 대면할 예정인 사람은 모
두 파악하고 있었다. 원래는 치사토의 마음을 완전히 제 것
으로 만들 때까지는, 아무런 준비 없이 다른 이와 만나게
하고 싶지 않았다. 하지만 황후라는 지위에 앉게 된 이상
그런 일은 무리였고, 코요는 그 점을 고려해 가급적 위험인
물은 피하고 있었다.

"아키에(章江)님이시옵니다."

그 이름을 듣고 잠시 기억을 더듬어보니 얼굴이 떠올랐
다.

"…대납언 카네야스(兼安)의 여식?"

"그, 그렇사옵니다."

"지금 어디에 있느냐?"

"그것이, 폐하의 허락을 받을 때까지 기다리시라고 아뢰
었사온데, 상관없다 하시더니 이미 광려전 안으로……."

"바로 가겠다."

'대체 무슨 속셈이란 말인가?'

주요 관직인 대납언의 여식, 그것이 아키에였다. 궁내에
소문이 자자할 정도로 아름다운 여인. 황후가 세상을 떠나

고 부친인 대납언과 그 주변 인물들로부터 여어 후보로 아키에를 소개받았으나, 코요는 두어 차례 들른 뒤 발길을 뚝 끊었다.

　게다가 들렀다고 해도 몸을 포갠 것은 한 번뿐이었다. 영악한 아키에와 대화를 나누기가 굉장히 피곤했고, 무엇보다 아키에가 황후 자리에 강한 집착을 보이는 터라 마음이 동하지 않았던 것이다.

　자존심이 강한 아키에는 이미 다른 자의 아내가 되었을 것이라 짐작했는데… 아니, 솔직하게 말하면 방금 이름을 들을 때까지 머릿속에 없었던 여자가 왜 이제 와서 이리로 쳐들어왔을까?

　그 목적은 고민할 것도 없이 단 하나였고, 코요의 기분은 점점 나쁜 쪽으로 기울었다.

　'일언반구 양해도 구하지 않고 내 사저까지 찾아오다니.'

　갑작스레 나타나 황후 자리에 오른 치사토에게 강한 적개심을 품고 있음이 틀림없다.

　'지금 치사토와 마주쳤다가는 무슨 짓을 벌일지 모른다.'

　코요의 발걸음이 더욱 빨라졌다.

＊　　　＊　　　＊

　치사토는 아직 결혼식을 올리지 않았는데, 아니, 애초에 자신은 남자인데 벌써부터 코요의 아내로 대우받는 것이 난처함과 동시에 불쾌했다. 발이 드리워져 있기 때문에 직접 사람을 만나는 일은 없었지만, 시중을 드는 궁녀들과 아예 마주치지 않을 수는 없었다.

우선은 마츠카제가 모든 일을 총지휘하고 있지만, 기모노를 입히는 여자, 가발을 정돈하는 여자, 식사 시중을 드는 여자 등, 코요와 마츠카제가 엄선한 듯한 궁녀가 각자 붙어 있었다.

"폐하는 치사토님을 극진히 총애하시나 보옵니다."

"폐하께옵서 이토록 성심을 쏟으시는 건 선대 황후님 이상이옵니다."

그녀들은 모두 치사토보다 연상에 대부분 차분한 분위기를 풍기는 사람들이었지만, 번번이 코요를 걸고넘어졌다.

그녀들에게는 코요가 상사에 해당하는 인물이므로 당연히 나쁜 뜻으로 말하려는 건 아니겠지만, 치사토가 보기에 그 남자는 자신을 강제로 범하고, 남자임에도 아내로 삼으려는 인간에 불과했다.

동의를 구하는 그녀들을 보며 딱히 할 말을 찾지 못한 치사토는 연거푸 한숨을 내쉬면서 넓은 정원을 멍하니 바라보고 있었다.

"치사토님."

"……."

"치사토님."

"아, 응? 왜?"

얼마나 시간이 흘렀을까, 이름을 부르는 소리에 화들짝 놀라 뒤를 돌아보니 그곳에는 마츠카제가 쓴웃음을 머금고 서 있었다.

"피곤하시옵니까?"

"응… 조금."

피곤한 것과는 조금 다르다. 아니, 피곤하다기보다는 불안해서 어찌할 바를 모르겠다.

"잠깐 정원에 나가시겠사옵니까?"

마츠카제는 그런 치사토에게 뜻밖의 제안을 했다.

"응?"

치사토는 엉겁결에 되물었다.

여태껏 방 안에서 나가도 좋다는 허락이 없었고, 그런 뜻만은 아니겠지만 감시하는 것처럼 보이는 누군가가 항상 주위에 있었다. 꼼짝없이 갇혔다고 생각했는데 내 생각이 틀린 걸까?

"폐하께옵서 광려전 안이라면 괜찮다고 허락하셨사옵니다. 어떻게 하시겠습니까?"

자신의 모든 행동이 코요의 뜻에 따라 결정되는 게 불쾌했지만, 저택 안에 틀어박혀 있는 것보다야 단연코 나았다. 아무튼 원래 세계에 돌아가기 위해서라도 더 많은 상황을 파악해 두는 쪽이 편할 것 같았다.

치사토는 고개를 끄덕이며 곧장 일어섰다.

"아~! 시원해!"

정갈하게 손질된 넓은 정원을 보는 것만으로도 기분이 한결 좋아졌다. 평소 일본 정원에 관심이 없었는데도 깔끔하게 정돈된 경관에 절로 감탄사가 나왔다.

설사 다른 사람을 반드시 대동해야 할지라도 상자 속 같은 방에 가만히 있는 것보다 이렇게 바깥에 나오는 쪽이 역시 몇 곱절이나 좋았다.

"치사토님, 옷을 더럽히지 않도록 조심하시옵소서."

"응, 알고 있어."

일단 누가 볼 수도 있으니 여전히 가발은 쓴 상태였다. 등 뒤에서 끝을 말아 올려 묶었기 때문에 더 무겁게 느껴졌다. 기모노 특유의 낯선 걸음걸이 때문에 몇 번이고 제자리에 멈춰 섰지만, 하늘을 날 듯한 기분은 그대로였다.

'맞아.'

이 기회에 다시 한 번 자신이 나타난 장소를 확인해 두어야겠다고 생각했다. 단서가 있을지도 모르고, 이쪽 세계에 왔을 때 사라진 안경이 떨어져 있을지도 몰랐다. 치사토는 천천히 자신이 내려온 연못 쪽으로 향하려고 했다.

"아."

"응?"

그때 마주보고 있던 마츠카제가 무언가를 느낀 듯 나지막한 소리를 내더니 마치 치사토를 지키려는 것처럼 몸으로 앞을 가로막고 섰다.

"마츠카제?"

치사토는 어떻게 된 영문인지 몰라 어리둥절해하며 두리번거리다가, 마츠카제의 어깨 너머로 누군가가 접근하고 있는 것을 발견했다.

'…누구?'

화장도 완벽했고, 기모노도 치사토보다 화려하게 차려입은 여자였다.

"이곳을 어디라고 생각하십니까? 천황의 사저인 광려전인 것은 알고 계시겠지요?"

옷차림만 보더라도 몰래 숨어든 도둑이라고는 생각하기 어려웠지만, 마츠카제의 말투는 추궁하듯 매서웠다.

그러나 그 여자는 조금도 흔들리는 기색 없이 오히려 마츠카제를 얕보는 듯한 눈빛으로 노려보며 단호하게 말했다.

"무례하구나. 나는 폐하의 승은을 입은 몸. 너같이 비천한 궁녀에게 그런 말을 들어야 할 이유가 없다."

외모에 걸맞은 아름다운 목소리였지만, 나오는 말은 신랄하고 악의로 가득 차 있었다. 치사토는 저도 모르게 눈앞에 있는 마츠카제의 옷자락을 꼭 쥐었다.

"그 뒤에 계시는 분이 폐하께옵서 푹 빠져 계신다는 여인… 치사토님이시오?"

그런 상대의 눈빛이 치사토를 붙잡았다. 자신을 평가하

는 듯한, 아니, 이미 무시하고 있는 듯한 눈빛이었다.

"마, 마츠카세."

"치사토님은 아무 말씀도 하지 마시옵소서."

마츠카세는 어떻게 대응하면 좋을지 묻는 치사토에게 조그맣게 대답한 뒤 여자에게 공손하게 절했다. 하지만 치사토의 눈에는 조금도 비겁해 보이지 않았다.

"아무리 총애를 받으셨다 한들 여어가 아니신 분이 무작정 폐하의 침전에 발을 들이시다니요. 지나치게 경솔한 행동 아니십니까?"

"…내가 대납언 카네야스의 딸이라는 걸 알면서도 폭언을 하는 게냐?"

흥분하는 여자에게 마츠카세는 더욱 담담하게 대답했다.

"아니요. 당치도 않습니다. 하오나 대납언의 따님께오서 이렇게 난폭하게 처사하시다니 대체 무슨 일이란 말입니까? 폐하께옵서 아시면 어찌 생각하실까요, 아키에님."

'우와… 마츠카세는 직설적으로 말하는 성격이네.'

마츠카세는 상대방을 알고 있는 눈치였다. 여자… 아키에라고 불리는 저 사람은 마츠카세를 가만히 노려보고만 있었다. 치사토는 대납언이라는 지위가 어떤 것인지 순간 이해하지 못했지만, 좋은 집 아가씨라는 것쯤은 알 수 있었다.

그런 상대에게 마츠카세 같은 신분인 사람은 설사 그것

이 정당하다 해도 대답 한마디조차 허락되지 않는 것일까?

마츠카제는 치사토를 감싸고, 제 쪽으로 비난의 화살을 돌리려는 것이 확실했다. 여성에게 보호받는다는 사실이 한심했지만, 치사토는 자신에게 강한 적의를 품은 상대를 어떻게 대해야 좋을지 통 감이 잡히지 않았다.

"괜, 괜찮아?"

"심려치 마시옵소서. 치사토님은 이 시대의 천황이신 코요님의 황후이시옵니다. 어떤 신분의 여인도 맞서지 못할 지위입니다. 제아무리 대납언의 자제라 해도 본디 대면이 허락되지 않사옵니다."

치사토는 신분의 복잡한 상하관계 같은 건 아예 몰랐다. 하지만 눈앞에 서 있는 여자의 아름다운 얼굴이 흉하게 일그러지는 모습을 보자 저도 모르게 겁에 질리고 말았다.

아키에는 마츠카제의 기세에 압도된 것 같았지만, 이곳까지 온 본래의 목적이 떠올랐는지 마츠카제의 등 뒤에 한심하게 숨어 있는 치사토에게 다시 날카로운 눈빛을 보냈다.

"치사토님, 그대는 어느 댁 자제시온지요?

"아키에님."

"지금까지 폐하 주변에서 본 적이 없는 용모이온데 설마 상스러운 사내들을 상대하는 비천한 신분의 여자는 아니시겠지요?"

"아키에님!"

무례하십니다, 라며 이번이야말로 마츠카제가 단호하게 꾸짖으려던 찰나,

"어딘가의 미련한 자가 난입했다고 들었다."

"……!"

근엄한 목소리를 듣자마자 치사토는, 아니, 그곳에 있던 세 사람이 일제히 돌아보았다.

"폐하!"

목소리가 들리는 곳에 서 있는 사람은 이 광려전의 주인, 이 시대의 가장 높은 지위에 군림하고 있는 천황인 코요였다.

그 모습을 보기가 무섭게, 애교 섞인 목소리로 코요의 이름을 부르며 가까이 다가간 아키에를, 코요는 치사토에게는 보낸 적 없는 싸늘한 눈초리로 내려다보았다.

"내 허락도 없이 사저에 숨어들다니!"

코요가 천천히 이쪽으로 다가왔다.

"누구 허락을 받고 왔느냐?"

"폐하, 저는 새 황후가 되실 분을 배알하러 온 것뿐이랍니다."

아키에는 방금 전까지 보여준 거만한 태도에서 다소곳하게 돌변해, 볼에는 억지웃음을 띠고 있었다. 그 빠른 속도에 치사토는 입을 떡 벌리고 바라볼 수밖에 없었다.

"지금껏 털끝만큼도 알려지지 않은 치사토님이라는 여인이 어떤 분인지 제 눈으로 확인해 보고 싶었어요."

코요는 당당하게 대꾸하는 아키에를 의심스러운 눈빛으로 바라보았다.

"그래서 만족했느냐?"

"아니요. 폐하께서 친히 고르신 여인이니 멋진 분일 거라고 상상했는데 궁녀 뒤에 냉큼 숨으시는 모습을 보니 폐하를 위로할 만한 교양은 기대할 수 없겠네요. 게다가."

아키에의 손이 코요의 앞섶에 닿았다.

"아무리 봐도 잠자리에서 폐하가 만족하실 만큼 봉사할 수 있는 분은 아닌 것 같군요."

치사토는 잠자리라는 단어를 바로 알아듣지 못했는데, 천박하다며 인상을 찌푸리는 마츠카제를 보고 그다지 좋은 의미는 아니라는 걸 알았다. 처음 본 여자에게 그런 말을 들으니 화가 치밀었지만, 그것은 코요 천황도 마찬가지인 모양이었다. 미간의 주름이 점점 깊어지더니 마치 더러운 것을 떼어내듯 들고 있던 나무 부채로 아키에의 손을 내려쳤다.

아키에는 상황이 이쯤 돼서야 코요의 기분이 나빠졌다는 것을 겨우 깨달은 모양이다.

"농담이 더 남았느냐?"

확실하게 거부하는 목소리에 방금 전까지의 기세가 누그러진 아키에는 무릎을 꿇고 코요의 다리에 매달렸다.

"진정하시어요. 소녀는 그저 폐하의 성심을 알고 싶어서 왔을 따름입니다. 대납언의 장녀인 소녀는 누가 보더라도 새 황후에 걸맞은 가문이옵니다. 폐하께옵서도 제 거처에 한번 들르시지 않으셨습니까!"

"……!"

'들, 들렀다고……?'

얼마 전의 치사토였다면 단순히 코요가 이 여자 집에 갔다고 여겼을 것이다. 하지만 처문이라는 의식을 몸으로 배운 지금, '들르다'라는 단어에 더 깊은 의미가 숨어 있음을 끔찍할 정도로 잘 알고 있었다.

자신을 강제로 쓰러뜨린 이 남자는 눈앞의 여자에게도 손댄 것이다. 이를테면 지금 상황은 남녀 사이의 사랑싸움으로, 거기에 휘말린 자신이야말로 진정한 피해자였다.

'그러면 그렇다고 처음부터 이 자식을 찾아가서 따지면 되잖아!'

치사토가 생각하기에 이 싸움은 당사자들끼리 해결해야 할 문제였다. 하지만 여자는 사랑하는 사람을 뺏은 상대 쪽을 더 증오한다는 것을 남자인 치사토는 알 턱이 없었다.

마음속으로 코요에 대한 불평을 늘어놓고 있던 치사토는 문득 시야에 들어온 화려한 기모노에 고개를 들었다. 어느새 마츠카제가 아닌 코요가 자신을 보호하듯 눈앞에 서 있었다.

"저……."

"나는 너를 처로 여긴 적이 없다. 입궁을 제안하지 않는 것이 그 답이라는 걸 똑똑하다고 자부하는 너라면 충분히 진작하고도 남았을 텐데."

코요는 아키에에게서 시선을 돌려 사람을 불렀다.

"여봐라, 근위병은 없느냐?"

"폐, 폐하!"

새파랗게 질린 아키에가 변명하기도 전에 남자 몇 명이 복도 쪽에서 재빨리 모습을 드러냈다. 항상 정원과 복도를 순찰하고 있는 경비 역할인 사람들이었다.

"이 고얀 계집을 끌어내라."

"네!"

여느 때라면 병사들에게 아키에는 얼굴을 볼 수도, 말을 섞을 수도 없는 상대였다. 그만큼 신분이 높은 자이지만, 코요 천황의 명이라면 이야기가 달라진다.

근위병 두 명이 양쪽에서 아키에의 팔을 잡았다.

"무례한 놈! 천한 몸으로 내게 손대지 마라!"

"어명입니다."

"무어라! 이거 놓아라! 폐하, 폐하!"

울부짖는 아키에가 억센 남자들에게 끌려가다시피 떠나는 광경을 멍하니 바라보던 치사토는, 뺨을 만지는 손길에 화들짝 놀라 뒷걸음질 쳤다.

"왜 물러나느냐. 매정하구나, 치사토."

"다, 당신."

"아키마사라고 부르는 것을 허락했을 텐데?"

'뭐, 뭐야, 이 이기적인 남자는⋯⋯.'

방금 아수라장을 만들었으면서 일말의 죄책감도 엿보이지 않는 이 남자의 마음을 모르겠다.

듣기로는 한 번뿐이었던 것 같기는 하지만, 그래도 몸을 포갠 상대였다. 그런 여자를 어쩌면 저렇게 냉담하게 대할까? 치사토는 스스로 페미니스트라고 생각지는 않았지만, 객관적으로 코요가 나쁜 남자라는 생각을 지울 수 없었다.

"…방금 그 여자, 괜찮을까?"

"응? 무어라고 했느냐?"

"그러니까, 왠지 나한테 화난 것 같기도 하고."

새삼 설명하는 것도 이상했지만, 그러고 보니 코요의 웃음이 더욱 번졌다. 혹시 질투하고 있다고 오해했을지도 모른다.

여자를 가지고 논 당신이 제일 나빠.

치사토는 얼른 말을 바꾸려고 했지만, 코요가 꼭 끌어안은 탓에 얼굴이 눌려서 말이 나오지 않았다.

"저런 여자의 실없는 소리에 귀 기울일 필요 없다. 너는 내 말만 듣고 믿으면 된다."

그쪽이 더 문제라고 반박하고 싶었지만 숨 막힐 정도로 세게 껴안은 코요 때문에 입도 벙긋하지 못했다. 치사토는 코요의 등을 사정없이 두드려 구속이 느슨해진 틈을 타서 겨우 고개를 돌렸다. 옆에서 대기하고 있던 마츠카제를 불렀다.

"마츠카제. 미안해."

"치사토님?"

치사토의 갑작스러운 사과에 마츠카제는 당황한 기색이 역력했다.

"갑자기 저 사람이 나타나서 깜짝 놀라는 바람에…….
여자를 방패삼아 도망치다니, 비겁하게 행동해서 진짜 미안해."

"어인 말씀을……. 황공하옵니다."

아키에를 대할 때는 조금도 흔들리지 않고 차분하던 마츠카제가 치사토에게 머리를 숙이며 몹시 미안해하고 있다. 그런 그녀를 보고 있는 사이에 치사토의 놀란 마음도 조금씩 가라앉았다. 그러자 곧 자신의 허리를 감싸고 있는 코요의 존재가 귀찮아졌다.

"그만 놔."

치사토는 적당히 하라며 팔꿈치로 있는 힘껏 코요를 떠밀었다.

*　　　　*　　　　*

"어딘가 미련한 자가 난입했다고 들었느니라."

"폐하!"

코요는 자신을 보자마자 교태 어린 목소리로 부르는 아키에를 싸늘한 눈빛으로 쳐다보았다.

근위병들도 불쑥 나타난 아키에를 거듭 막으려 했지만,

그녀의 아버지인 대납언의 이름을 듣고 섣불리 손쓰지 못한 모양이었다.

보고를 받자마자 즉각 달려왔는데 마츠카제의 등 뒤에 보호받듯 서 있는 치사토의 모습을 보자 자신이 도착하기 전에 불쾌한 소리를 들었다는 것을 알 수 있었다.

'이런… 영악한 여자는 정히 무섭군.'

아키에는 코요가 들르지 않아도 성가시게 재촉하는 법이 없었다. 다만 문득 생각났다는 듯 드문드문 보내오는 편지에 여전히 연모하고 있다는 사실을 절묘하게 빗대어 전했다.

하지만 처음에는 교양이 느껴지던 편지들도 횟수를 거듭할수록 글월 속에서 자신을 향한 강렬한 집착이 엿보이게 되자 코요는 어느덧 답장을 쓰지 않게 되었다.

천황인 자신이 어떤 행동도 취하지 않으면 아키에는 더이상 아무것도 할 수 없었다. 코요는 그대로 아키에의 존재조차 잊고 있었을 정도였다.

그것이 이번에 치사토를 황후로 공표했을 때, 축하 편지를 받음으로써 오랜만에 떠올랐다.

불길한 예감이 어렴풋하게 스쳐 지나갔었지만…… 실제로 코요의 침전인 광려전까지 쳐들어오는 어리석은 짓을 할 줄이야. 연정에 미친 여인의 말로를 본 것 같아서 코요는 불쾌하기 짝이 없었다. 그 원인이 자신이라는 건 알고 있으나 천황인 코요가 누구를 선택하든 이의를 제기할 만한 자가 있을 리 없었다.

코요는 아키에로부터 시선을 돌려 치사토를 봤다. 치사토는 마츠카제에게 매달리듯 옷자락을 꼭 쥐고 있다. 제 의도보다 훨씬 든든하게 치사토를 지켜주는 마츠카제의 능력은 충분히 만족스러웠지만, 치사토가 자신 이상으로, 아니, 자신 따윈 발끝에도 미치지 못할 만큼 마츠카제를 의지하고 있다는 것이 못마땅했다.

그렇다고 이 상황에서 뜬금없이 마츠카제를 혼낼 수도 없는 노릇이다. 더욱이 그랬다가는 치사토의 마음속에서 자신의 존재가 떨어져 나갈 것은 불 보듯 훤한 일이었기 때문에 점잖지는 않지만 아키에를 꾸짖어서 쫓아내는 수준에서 마무리했다.

그 뒤, 코요는 마츠카제에게 감사의 마음을 전하는 치사토를 내려다보았다.

"치사토, 네가 그런 말을 하면 마츠카제가 곤란해진단다."

"응?"

코요는 드디어 자신을 바라보는 치사토를 보며 말을 이어갔다.

"마츠카제가 너를 지키는 이유는 내가 그렇게 명했기 때문이다. 제 임무에 충실한 것은 마츠카제가 그만큼 직분에 열심이기 때문이니 네가 애써 감사 인사를 할 만한 일이 아니다."

물론 그 속에는 치사토에 대한 마츠카제의 호의가 깊이 담겨 있음을 알고 있지만, 코요는 일부러 그 부분은 빼고 설명했다.

　"모시는 주인에게 충심을 다하는 것은 좋은 일이다. 하나 주인이 그것에 일일이 칭찬을 내리는 것은 멋없는 일이다. 알겠느냐?"

　"……몰라."

　"치사토."

　"도와준 것이 고마워서 고맙다고 하는데 뭐가 나빠? 당신, 아키마사야말로 주위에서 해주는 걸 당연하게 여기지 말았으면 좋겠어."

　"치사토님. 폐하께 의견을 말씀하시다니 당치도 않사옵니다."

　처음으로 허락한 아명을 이럴 때 입에 담다니 참으로 불쾌했다. 대개 천하의 천황에게 제 의견을 말하는 것은 그 자리에서 참수를 당해도 할 말이 없을 정도로 큰 사건이었다.

　아마 마츠카제는 아무것도 모르는 치사토를 타이르려고 한 충언이었겠지만, 치사토는 그에 주눅 든 기색 없이 코요를 노려보듯 꼼짝 않고 서 있었다.

　'…떨고 있구나……'

　미간을 찌푸린 코요는 입을 떼려다가, 꽉 움켜쥔 치사토의 주먹이 바들바들 떨리고 있음을 눈치채고 망설였다.

"……알았다."

"뭐?"

"네 말도 일리가 있다. 수고했다, 마츠카제."

코요가 치하하자 마츠카제는 '황공하옵니다' 라며 깊게 고개를 조아렸다. 치사토는 코요를 가만히 바라보다가 방긋 웃었다.

"뭐야, 남의 말도 들을 줄 아는구나."

'……그런 표정으로 웃는 것이냐.'

처음 본 듯한 치사토의 웃음에 코요는 어느새 넋이 나간 듯 우두커니 서 있었다.

*　　　*　　　*

아키에라는 뜻밖의 인물이 등장한 뒤로 치사토의 생각은 조금, 어디까지나 조금이지만, 변했다.

낯선 곳에서 노골적인 적의를 보내오는 사람을 만난 것이 역시 충격이었다.

"일어나셨사옵니까."

"아, 안녕하세요."

치사토는 이제껏 신분을 따지며 살지 않았다. 물론 넓은 세상 어딘가에는 그런 곳도 있겠지만, 적어도 치사토는 평범하게 생활했다.

그러나 지금은 다른 사람의 부러움을 사는 입장에 놓인

것 같다. 아무리 자신이 바라던 일은 아닐지라도 아키에처럼 증오의 눈빛을 받기도 했다.

그런 자신을 지켜준 사람이 이 모든 일의 원흉인 코요였지만, 바쁘다는 그 남자는 함께 있는 시간이 몇 시간도 채 되지 않았다. 치사토는 이번 사건으로 마츠카제를 비롯해 시중을 드는 궁녀라고 불리는 사람들이 가장 믿음직하다는 걸 깨닫고, 지금까지 친분을 쌓지 않았던 그녀들과 되도록 대화를 나누려고 했다.

이 광려전은 코요의 개인 주택이기 때문에 모두들 이미 치사토를 코요의 아내로 보고 있었다. 그것에 관해서는 할 말이 많았지만, 당분간 이곳에서 살아야 한다면 궁녀들과 사이좋게 지내는 쪽이 좋겠다는 계산이 섰다.

궁녀들은 다들 치사토보다 연상이었는데, 그녀들의 지나치게 공손한 태도가 몸이 근질거릴 정도로 불편했다. 그래도 대화를 거듭할수록 그녀들에게 친근함이 샘솟았고 덕분에 다른 사람과 함께 있으면 코요가 말을 걸어도 무시할 수 있었다… 고 해야 하나, '일을 게을리 해도 되는 거야?', '지금 이것저것 배우는 중이라서'라고 당당하게 쏘아붙일 수 있었다.

코요는 치사토가 이 나라에 대해 배우고 있다고 하면 대개 조용히 돌아갔다. 치사토가 이 세계에서 살아갈 결심을 했다고 여긴 건지, 하는 수 없다며 자유롭게 해주었다.

물론 영원히 이곳에서 살 생각은 아예 없었지만.

"외출 말씀이십니까?"

"응, 어려울… 까?

단지 문제가 있다면, 이 세계에 와서 일주일을 꼬박 방 안에서만 지내자니 따분하기 짝이 없었다. 코요에게 부탁 하면 어떻게든 되겠지만, 그에게 부탁하는 것 자체가 싫어 서 치사토는 마츠카제에게 나가고 싶다고 하소연했다.

"정식으로 피로연을 마칠 때까지 기다려 주실 순 없으시 겠습니까?"

마츠카제는 치사토의 부탁에 순간 놀란 눈치였으나 금세 부드러운 말투를 되찾았다. 하지만 외출하면 안 되는 이유 를 설명해 주지는 않았다.

"왜? 도망가려는 게 아니야."

'그리고 이렇게 덥고 갑갑한 여장 차림으로는 걸어 다니 기도 힘들다고.'

치사토가 좀처럼 적응하지 못하는 모습을 보고 지금은 기모노를 다소 얇게 입혀주고 있다. 가발은 사람들의 이목 을 생각해서 자는 시간 외에는 항상 달고 다녀야 하는 번거 로움이 있었지만, 제법 고급 가발이기 때문에 가볍고 촉감 이 좋아서 이따금 제 머리카락이 자란 것 같은 착각도 들었 다.

스스로 생각해도 여장한 모습이 그럭저럭 어울리는 수준 이라는 게 비참했지만, 아직 새파란 나이를 감안한다면 이 해가 갔다.

'나도 일이 년만 지나면 남자다워지겠지.'

가능하다면 지금 시점에서 남자다웠다면 상황이 달라졌을지도 모를 일이지만, '만에 하나' 그렇다 하더라도 방도가 없었다. 그럼에도 기필코 원래 세계로 돌아가리라고 굳게 결심한 치사토는 그때까지 어떻게든 코요와 일정한 거리를 두고 지내려 했다.

"응? 안 돼?"

"폐하께 의견을 여쭙지 않으면……."

"그 자식이 알았다고 하면 되는 거지?"

"치사토님."

치사토는 얼른 물으러 가려고 긴 복도를 제법 익숙해진 걸음걸이로 걷기 시작했다.

이 넓은 세계에서 하늘보다 높은 존재인 코요 천황을 그 자식이라고 부르는 사람은 한손으로 꼽아보아도 손가락이 남을 만큼 드물었다. 치사토는 자신이 그 드문 사람 중 한 사람이라는 사실을 자각하지 못하고 앞서갔고, 마츠카제가 한숨을 쉬면서 따라온다는 걸 전혀 눈치채지 못했다.

광려전 안이라면 자유롭게 돌아다녀도 좋다고 허락받았으니 마츠카제도 억지로 말리지 않았다.

그런 코요의 거만한 태도를 떠올리면 열 받지만, 치사토는 그것을 최대한 이용해야겠다고 생각했다.

'무슨 일이 생기면 어디로 어떻게 움직여야 할지 비상 경로를 미리 파악해 둬야 해.'

"아!"

빨리 코요에게 허가를 받으러 가려고 바지런히 걷던 치사토는 문득 무언가를 발견하고 멈춰 섰다.

"어찌 그러십니까?"

"저건 무슨 건물이야?"

흰 연기가 피어오르는 건물을 가리키자 마츠카제는 아, 라고 외마디 감탄사를 뱉은 뒤 대답해 주었다.

"저곳은 대반소(臺盤所)입니다."

"대반소? 그게 뭔데?"

"아침상과 저녁상을 준비하는 곳이옵니다."

"…으응, 부엌이구나."

이름은 못 알아들었지만, 설명을 들으니 집의 부엌이 떠올랐다. 그러자 이 세계의 주방은 어떻게 생겼을지 갑자기 흥미가 생겼다.

"구경해도 돼?"

묘하게 두근대는 마음으로 조르자 마츠카제는 씁쓰레하게 웃으며 고개를 저었다.

"왜? 음식을 만드는 곳은 중요한 곳이잖아. 보고 싶어."

"하오나……."

"얼른 가자."

저곳은 광려전 안이니까 가도 상관없겠지.

치사토는 그럴 것이라고 스스로 결론 내리고 코요가 있는 곳과 반대 방향으로 돌아섰다.

지금쯤 슬슬 점심 식사 준비를 시작할 시간이겠지? 그렇게 생각했지만, 곧이어 이 세계의 식사는 다르다는 게 떠올랐다.

치사토의 상식으로는 하루 세 끼가 정상인데 이곳은 보통 느지막하게 아침을 먹고 해가 떨어질 즈음에 일찍 저녁을 먹었다. 그사이에 간식 대신 단것을 집어먹었다.

지금은 치사토의 식습관을 고려했는지 식사가 세 번 나왔고 시간이 있을 때는 코요도 함께 점심을 먹었다. 그다지 얼굴을 보고 싶지 않은 상대였지만, 혼자서 밥을 먹으려니 맛이 없어서 하는 수 없이 동석을 허락했다.

대반소에 가까워질수록 오가는 사람들로 붐볐다. 모두들 치사토의 얼굴을 보자 제자리에 서서 무릎을 꿇고 공손하게 예를 갖추었지만, 인사를 받는 치사토는 얼떨떨한 기분이 컸다.

'저쪽은 사람이 별로 없었는데……'

치사토가 머무는 곳은 광려전 안에서도 코요의 가장 사적인 공간이기 때문에 신분이 아주 높은 사람과, 일하는 궁녀처럼 특별한 사람만 발을 들이는 것이 허락된다고 들은 적이 있다.

그동안 한정된 사람만 만났다는 건 알았지만, 지금 광경을 직접 보니 그 말이 거짓이 아님을 실감했다.

'저 사람들은 경비… 인가?'

복도에서 정원으로 시선을 옮긴 치사토가 허리에 칼을

차고 등에 활을 멘 건장한 남자들을 보고 정체를 궁금해하고 있는데, 그중에서도 눈에 띄게 몸집이 큰 남자가 치사토 쪽으로 성큼성큼 걸어왔다.

설마 제멋대로 이런 곳까지 왔다고 혼내려는 걸까······. 그렇게 생각하고 마음의 준비를 한 치사토가 발을 멈춤과 동시에 눈앞의 남자가 땅에 한쪽 무릎을 꿇고 머리를 숙였다.

"마, 마츠카제."

어찌할 바를 모르고 마츠카제를 돌아보자, 마츠카제는 그 남자와 아는 사이였는지 미소를 지으며 살며시 입을 열었다.

"좌근위대장이신 나카츠카사(中司)님이 이런 곳에 오시다니······. 폐하께옵서 전하시는 말씀이 있으십니까?"

"아닐세. 그보다 마츠카제, 치사토님을 따르는 궁녀는 자네 한 사람인가?"

"네. 치사토님은 일행이 많은 것을 좋아하시지 않는 분이라서요."

"하오면 외람되오나 저도 함께하겠습니다."

"네?"

두 사람이 나누는 대화를 남의 일처럼 듣고 있던 치사토는 어리둥절했지만, 마츠카제는 제격이다 싶었는지 흔쾌히 찬성했다.

"치사토님, 이분은 좌근위대장이신 나카츠카사 토모유

키(知之)님이시옵니다. 폐하의 죽마고우이시기도 한 유능한
분이시랍니다."

"그 자식의?"

치사토가 무심코 함부로 부르자 나카츠카사는 남성적인
눈썹을 찡그리며 쳐다보았다.

다른 사람 앞에서 코요를 '그 자식'이라고 부르는 것이
불쾌한 모양이다.

"어디로 가십니까?"

나카츠카사는 치사토가 아니라 마츠카제를 보며 물었
다. 신분이 높은 여인에게 직접 말을 걸지 않는 것이 이상
한 일은 아니었지만, 치사토는 어쩐지 무시당하는 것 같아
서 기분이 떨떠름했다.

'…뭐지? 이 소외감은?'

나카츠카사는 마츠카제와 이야기를 나누는 동안 자신에
게 눈길조차 주지 않았다.

무엇보다 치사토는 코요의 새 황후로 광려전 안에서 극
진한 대접을 받고 있는 중이었던지라 이런 태도가 오히려
부자연스럽게 느껴졌다.

'내가 정말 싫든지, 아니면 의심하고 있든지…….'

"치사토님."

때마침 마츠카제가 불렀다.

"대반소를 구경하고 싶다고 하셨지요?"

"어? 아, 응, 하지만……."

"대반소?"

어쩐지 애초의 흥미가 줄어들었다. 게다가 왜 그런 곳에 가느냐고 의심스러운 눈초리를 보내는 나카츠카사의 모습을 보니 대반소에 가려는 것 자체가 잘못처럼 느껴졌다.

하지만 여기까지 와서 돌아가겠다고 할 수는 없었다…… 기보다, 돌아가기 싫었다. 눈앞의 남자에게 지는 것 같아서 괜스레 분했다.

"알겠습니다."

치사토가 마음속으로 갈등하며 끙끙거리고 있는데 나카츠카사는 그새 결론을 내린 듯 수긍했다.

"괜찮으시겠습니까?"

"설사 하찮은 용건일지라도 내게는 이것 역시 중요한 임무네. 내 뒤를 따라오시게."

"……."

'열 받아.'

결정적이었다.

이 남자는 자기를 싫어하는 것이 분명하다고 결론 내린 치사토는, 그런데도 이 상황을 피하기는 분해서 잠자코 뒤따라 걷기 시작했다.

코요 천황이 새 황후를 맞이했다는 소문이 널리 퍼졌지만, 정작 치사토의 이름은 물론이고 얼굴을 아는 사람은 극히 일부였다. 눈부시게 아름다운 기모노를 입고, 마츠카제와 나카츠카사를 거느린 모습을 보고 신분이 높은 존재임은 짐작할 수 있어도, 거기서 한 발짝 더 나아가 황후라고는 생각지 않을 것이다. 코요는 머지않아 거행될 피로연 때까지 치사토를 불특정다수의 사람들과 접촉시키지 않으려 했다.

"……어랏?"

대반소에 실제로 들어가 보니 치사토가 상상했던 아궁이나 물 항아리는 없었고, 긴 탁자가 놓여 있었다.

"요리는 어디서 만들지?"

무심결에 중얼거린 치사토의 혼잣말을 듣고 마츠카제가 설명해 주었다.

"이곳은 상을 차리는 장소이옵니다. 실제로 음식을 만드는 곳은 이 앞의 대취전(大炊殿)이지요. 치사토님은 그곳을 구경하시고 싶으셨사옵니까?"

"이왕 구경할 바에 다 보면 좋지."

"하오나 기모노의 향기가 사라져 버릴 것입니다."

"에~"

'이 냄새가 더 이상한데?'

기모노에 향냄새 비슷한 걸 배게 하는 것이 이 세계의 고상한 취향이라고 하는데 치사토가 느끼기에는 그 향은 노인 냄새 같아서 별로였다.

그런데 어쩐지 이쪽을 보는 시선이 더욱 강해진 것 같은 기분이 들었다.

'완벽하게 여자로 보이려나?'

마츠카제 및 다른 궁녀들이 입에 침이 마르게 칭찬해서 여자로 보이리라고 약간은 자신하고 있었는데, 상식적으로 생각해 보면 자신은 여장을 한 남자에 불과하다.

그것이 신경 쓰이기 시작하자 불안해져서 치사토는 몇 번이고 자신의 모습과 주변 사람들을 번갈아 쳐다보았다.

"신기한 것이라도 발견하셨습니까?"

"아, 그게, 응."

치사토는 감쪽같이 여자로 보이냐고 묻기가 망설여져서 원래 이야기로 돌아갔다.

"대취전에 구경 갈래."

마츠카제는 나카츠카사와 마주 보더니, 결국 포기했다는 듯 앞장서서 치사토를 대취전으로 데려갔다. 그곳에는 치사토의 상상에 가까운 아궁이나 물 항아리가 있었고, 몇 몇 남자가 분주하게 움직이고 있었다.

대취전에 있는 사람들 역시 조심스럽지만 호기심 어린 눈길을 치사토에게 보냈다. 그러나 치사토도 자신의 입장을 직접 설명하기가 모호하고, 마츠카제와 나카츠카사도 아무 말이 없어서 세 사람은 기묘하게 무리지어 대취전이라고 불리는 주방을 둘러보았다.

"어쩐지 밥이 부드럽지 않다 싶었는데 끓인다기보다 찌는 데 가깝네."

아궁이에서 피어오르는 김을 보고 그렇게 말하자 마츠카제가 맞다며 긍정했다.

"폐하께서 드시는 음식은 모두 엄격하게 골라 기미(氣味)를 본 것들로 올리옵니다. 물론 치사토님이 드시는 식사도 마찬가지고요."

"직접 만들면 기미 같은 거 안 봐도 되잖아."

기미라니, 어렸을 때 읽은 그림책 속에서나 나오는 이야기라고 뜨악하고 있는데 오히려 치사토의 말에 마츠카제가 놀랐다.

"글쎄요……. 치사토님은 음식을 손수 만드신 적이 있으시옵니까?"

"응? 다들 볶음밥 정도는 하지 않나?"

치사토는 마츠카제의 호들갑스러운 반응이 오히려 얼떨떨했다. 치사토는 외식을 별로 좋아하지 않아서, 밖에서 햄버거를 먹을 바에야 달랑 계란만 넣더라도 집에서 볶음밥을 해먹는 편이 훨씬 낫다고 생각하는 성격이었다.

"볶음밥?"

"그건 어쩔 수 없다 치더라도 주먹밥 먹고 싶다. 연어든 매실 절임이든……. 맞다, 참치 마요네즈!"

"참치 마요네즈…… 말입니까?"

"응."

이 세계의 음식이 전반적으로 입에 맞지 않는 건 아니었다. 원래 헤이안 시대와 닮은 세계라는 건 일본인인 치사토의 입맛에도 맞는다는 이야기다. 다만 기름기가 거의 없이 찌고 끓이기만 한 음식은 아직 한창인 치사토에게는 다소 부족한 감이 있었다.

'이 세계 남자는 이런 식사를 하고도 기운이 날까?'

"치사토님, 그만 돌아가시지요."

"어, 벌써?"

'아직 다 보지도 못했는데~'

어떻게 조리할까? 재료는 무엇을 쓸까? 한참 더 구경하고 싶었고 이대로 돌아가는 건 옆에서 자신을 평가하듯 바라보는 나카츠카사에게 지는 기분이 들어서 못마땅했다.

"이제 막 들어왔잖아."

"하오나 이곳에서 지체하시면 걱정하시는 분이 계시옵니다."

"걱정?"

"큰일 났습니다!"

그때 누군가가 대취전으로 헐레벌떡 뛰어 들어왔다.

"폐하께옵서 이쪽으로 행차하십니다!"

"아키마사가?"

이유를 생각할 겨를도 없이 코요가 사람들을 거느리고 나타났다. 치사토는 코요가 등장하자마자 분위기가 달라졌음을 피부로 느꼈다.

*   *   *

"폐하, 흡족하십니까?"

코요는 하기노의 질문에 천천히 고개를 끄덕였다.

치사토를 명실상부한 황후로 인정받기 위해 여는 피로 연.

연회에 부를 자를 선별하는 작업을 하기노에게 맡겼는데 오늘 그자들의 명단과 연회의 순서, 필요한 물품 등의 목록이 정리되었다는 보고를 받았다.

급하게 준비한 연회이기 때문에 최고급 비단과 도구를 제 시간 내에 갖출 수 있을지 걱정스럽긴 했다. 그러나 이 유능한 남자는 다소 무리해서라도 해내겠다는 생각이었는지 종이 위에 쓰인 것들 대부분이 코요 천황이 만족할 만한 수준이었다.

"초대할 분들에게도 은밀히 전갈을 넣었습니다. 모두들 폐하께서 친히 간택하신 황후님을 만날 날을 손꼽아 기다리고 있습니다."

"흠."

'내친 김에 치사토의 흠이라도 잡을 생각이겠지.'

신하의 추천이 아니라 코요 천황이 직접 선택한 치사토를 대놓고 비난할 수는 없겠지만, 치사토가 만약 황후에 걸맞지 않은 태도를 보인다면 자신의 친척을 여어로 천거할 명목이 생기는 것이다.

먹이를 노리는 매 같은 눈을 한 신하들을 한꺼번에 만나는 상황이 그다지 내키지 않았지만, 이번 일만큼은 한시라도 빨리 서두르고 싶었다. 치사토가 다시 달아날 궁리를 할 틈을 주고 싶지 않았기 때문이다.

'모든 건 치사토를 내게 묶어두기 위함이다.'

무심코 느슨해진 입매를 봤는지 하기노가 놀리듯 말을 걸었다.

"치사토님은 어찌 지내고 계십니까?"

"매일 침전 안을 돌아다니고 있소."

"광려전을?"

"그렇소. 내게 할애할 시간도 없소이다."

본래대로라면 천황인 코요의 명령이 가장 중요한 사항이었다. 특히 황후는 더더욱 그러할진대 그런 당연한 이치가 치사토에게는 통하지 않았다.

강제로 처문을 달성했음에도 강경하게 행동하지 못하는 자신이 한심했다. 이것이 먼저 마음을 내준 쪽의 약점인가?

'치사토가 아니라면 용납하지 않은 행동이거늘.'

하기노와 면담을 끝내고 치사토와 점심 식사를 함께 먹으려고 광려전으로 돌아갔다. 그런데 그곳에 치사토는 없었다.

'어디로……?'

외출했으리라고 짐작은 되나 행선지가 도무지 떠오르지 않았다. 마츠카제가 따라갔을 테고 광려전 안이라면 걱정은 없지만, 눈앞에 없으니 치사토의 얼굴을 보지 않고서는 마음이 놓이질 않았다.

코요는 발길을 돌렸다.

"게 아무도 없느냐!"

복도에 나와 사람을 부르자 궁녀가 지체 없이 달려왔다.

"폐하."

"치사토는 어디에 있느냐?"

코요의 물음에 궁녀는 바로 대답했다.

"치사토님은 조금 전 마츠카제님과 대반소로 향하셨사옵니다."

"대반소?"

'그런 곳에 무얼 하러 갔단 말인가?'

고귀한 신분인 자가 갈 만한 곳이 아니었다. 코요는 의아해하면서 시선 끝에 보이는 그곳으로 향했다.

'설마 아직도 내게서 도망칠 궁리를 하고 있는 건 아니겠지.'

치사토가 무슨 생각을 하고 있는지 모르지만, 아직 자신에게 마음을 허락하지 않았다는 것은 알고 있다. 그렇기 때문에 코요는 치사토의 사소한 행동에도 일일이 주의를 기울이고 있었던 것이다.

대반소가 그리 의미 있는 곳은 아니었지만, 만약의 경우가 존재했다.

"……?"

그리고 궁녀의 말대로 대취전까지 온 순간, 그곳에서 뜻밖의 인물을 보고 코요는 제 눈을 의심했다.

'이곳에 왜 토모유키가?'

죽마고우이자 지금도 신하로서 자신을 도와주는 나카츠카사. 하지만 지금은 한창 경비를 서고 있을 시간으로 이 부근에 있을 리가 없었다. 연유를 추궁하고 싶었으나 그 전에 치사토를 향해 물었다.

"치사토, 이런 곳에서 무얼 하고 있느냐?"

그렇게 묻자 치사토는 대답해야 할 이유를 모르겠다는 듯 눈을 치켜뜨고 코요를 흘겨보면서도 답은 해주었다.

"…그냥 구경하고 싶었어."

"대취전을?"

"단순한 호기심이야! 당신, 이건 과잉보호랄까… 사소한데 지나치게 신경 써!"

"……."

천황인 자신에게 그런 말을 하는 자은 아마 이 세상에서 치사토 한 사람뿐일 것이다. 예전 같으면 불같이 화를 냈겠지만, 치사토를 향한 강한 집착을 깨달은 지금은 자신을 향한 거친 말버릇마저도 자신에 대한 경계심을 누그러뜨린 것 같아서 기쁘게 여겼다.

하지만 나카츠카사는 코요에게 그런 말투로 이야기하는 치사토에게 좋지 않은 감정을 품었는지 험상궂은 표정을 지으며 입을 열었다.

"치사토님, 그런 어조는 좋지 않다고 사료됩니다."

"어?"

"황공하오나 폐하는 이 세상에서 가장 높은 곳에 앉아 계신 분입니다. 하늘보다 높으신 분에게 그런 어투는 고치심이 좋지 않겠습니까."

"토모유키."

진지한 남자의 말에 코요는 복잡한 심경으로 이름을 불렀다.

죽마고우인 나카츠카사는 전 황후가 세상을 떠난 뒤부터 자신이 어떻게 지냈는지 잘 알고 있었다. 황후의 죽음에 책임을 느끼고 세상을 비관해 정무를 보는 시간 외에는 무의미하게 보내며 염문을 뿌리고 다니던 자신에게 다음 황후를 간택하라며 일찍부터 진언했던 것도 나카츠카사였다.

그러나 나카츠카사는 새 황후가 치사토라는 점이 이해가 가지 않는 모양이었다. 그날 밤, 달빛을 받으며 하늘에서 내려온 치사토를 자신과 함께 본 나카츠카사는 달에서 온 자일지도 모르는 상대에게, 아니, 적어도 평범한 인간은 아닌 치사토에게 불신을 지우기 힘든 것 같았다.

게다가.

무엇보다 여자가 아닌 몸은 코요의 혈통을 이을 새 생명을 품을 수 없다며, 코요 입장에서 보면 쓸데없는 걱정까지 하고 있다. 이미 황자가 있고, 피비린내 나는 투쟁을 피하기 위해서라도 둘째 황자는 필요 없다고 누차 강조했는데, 나카츠카사는 평화로운 치세를 이어가기 위해서라도 적어도 황자를 한 명 더 낳는 쪽이 좋다고 여겼다.

그런 마음을 갖고 있는 나카츠카사가 치사토에게 어떤 태도를 취했을지, 코요는 정탐하듯 나카츠카사를 보았다.

"치사토는 아직 이쪽 생활이 익숙지 않으니 어지간한 일은 눈감아주게."

"폐하."

오랜 벗인 나카츠카사가 치사토를 어떻게 보고 있을지가 쉽게 상상이 갔다.

너무 어리고 정취가 없고, 더욱이… 남자였다. 단순한 유희의 연장선이라면 모를까, 황후로 삼는 것에는 수긍하기 어려운 선택에 저절로 매서운 눈빛이 가는 것이다.

친절히 대해주는 것은 고마웠지만, 이 이상 치사토를 겁에 질리게 만들고 싶지 않았다. 그러나 그런 코요의 생각을 전혀 눈치채지 못한 치사토는 위협적인 눈초리로 나카츠카사를 노려보며 말했다.

"그거 미안하게 됐네요! 마츠카제, 가자!"

"치사토님."

"치사토."

신하인 나카츠카사에게 황후인 치사토가 사죄할 필요는 없었다. 그럼에도 불구하고 못 이기는 척 사과한 치사토를 보며 나카츠카사의 눈이 살며시 커졌다.

'정말이지 어디로 튈지 알 수가 없구나.'

매사 순종적이고 제 의견이 없는 여인이나 출세욕에 사로잡혀 몸을 쉽게 내어주는 여인들만을 무수히 봐온 코요에게, 치사토는 그 어느 때보다 신선한 충격을 안겨준 새로운 빛이었다.

누가 뭐래도 수중에 들어온 이 존재를 놓지 않을 것이다. 코요는 다시 나카츠카사에게 당부했다.

"이 모든 말과 행동은 내가 허락한 것이다. 너도 받아들이거라."

"……네."

천황의 말을 부정하는 신하는 없다. 나카츠카사도 코요의 본심을 느꼈는지 즉시 수긍하겠다는 뜻을 표했다.

"마츠카제, 가자."

그런 와중에 치사토는 한시라도 빨리 이곳을 떠나고 싶다는 듯 마츠카제를 재촉했다. 물론 코요를 남겨두고 제멋대로 갈 수 없는 마츠카제는 머뭇거리고 있었다.

"나, 간다."

안달이 난 치사토가 발길을 돌리려고 했지만, 겉옷자락을 밟았는지 순간 몸이 크게 기울었다.

"치사토."

"……윽!"

코요가 재빨리 팔을 뻗었지만 손이 닿지 않았다. 하지만 그보다 빠르게 치사토 근처에 있던 나카츠카사가 가녀린 몸을 안전하게 받아 안았다.

치사토도 마치 사랑하는 사람의 것인 양 나카츠카사의 팔을 꽉 붙잡았다.

"다치지 않으셨습니까?"

"괜, 괜, 찮아."

"다행이군요."

치사토는 자신을 구해준 나카츠카사의 얼굴을 올려다보며 조그맣게 말했다.

"…고마워."

방금 전까지 나카츠카사에게 반항적이었으면서도 도움을 받자마자 감사 인사를 한다. 나카츠사카의 행동은 신하로서 당연한 일이었고, 만약 귀족 가문의 여인이었다면 바로 팔을 뿌리치고 한마디 말도 없이 휭하니 떠났을 것이다.

기모노까지 더하면 무게가 상당할 텐데 나카츠카사는 조금도 버거운 기색을 보이지 않았다. 외간 사내의 품에 안겨 있는 치사토의 모습을 보자 설령 그것이 불가항력인 상황이라 할지라도 코요의 가슴속에서 불쾌한 감정이 솟구쳤다.

"토모유키."

코요는 두 사람 곁으로 성큼성큼 다가가 나카츠카사의 이름을 불렀다.

오랜 친구인 나카츠카사는 그 어조에서 모든 것을 이해한 듯 잠자코 치사토의 몸을 코요의 품에 건넸다. 나카츠카사에게 지지 않고 코요도 치사토의 몸을 거뜬히 안아 올렸다.

"치사토."

"어?"

치사토는 아직 놀란 가슴이 진정되지 않았는지 코요의 품에 있는데도 여느 때와 다르게 도망가려고 발버둥 치거나 몸을 움츠리지 않았다. 그 모습에 코요는 어렴풋하게 미소 지었다.

"방으로 돌아가겠다. 마츠카제, 차를 내오너라."

"예."

서둘러 움직이기 시작한 마츠카제를 눈길로 확인하고, 코요는 치사토를 안은 채 조금 전에 걸어온 복도로 되돌아갔다. 방에 돌아갈 때까지 치사토는 크게 저항하지 않았다.

*   *   *

남 앞에서 남자에게 안기다니 평상시 치사토라면 부끄러워서 벗어나려고 발버둥을 쳤을 테지만, 그간 코요가 걸핏하면 치사토의 몸을 안아 들고 만졌기 때문에 새삼 반항할 마음이 들지는 않았다.

게다가 아무리 싫어해도 거절해도 치사토의 그런 감정이 전혀 보이지 않는다는 듯 코요의 태도는 달라지지 않았다. 이곳은 코요의 지극히 개인적인 공간이기 때문에 이 남자가 무슨 말을 하든 무슨 짓을 하든 간에 다들 못 본 척 외면했다.

'나 혼자 당황해서 바보처럼 굴었어.'

그보다 무거운 기모노를 입은 자신을 가뿐하게 안아 들다니, 겉보기에 자상한 칙히는 것과는 반대로 이 남자는 제법 힘이 세구나 싶어서 그 점은 마음에 들었다.

긴 건널복도를 걷는 동안 치사토는 코요의 얼굴을 흘끔거렸다. 그 횟수가 다섯 번을 넘긴 순간 질문을 받고 말았다.

"어찌 그러느냐?"

차마 그에게 힘이 장사라고 칭찬할 수는 없어서 치사토는 재빨리 아까 있었던 일로 화제를 돌렸다.

"나 미움받는 거야?"

"응?"

주어가 없는 탓인지 무슨 말을 하고 있는지 금세 알아듣지 못한 모양이다.

"아까 그 사람. 어쩐지 날 무시하는 것 같아서."

대반소를 구경하고 싶다고 조를 때도, 코요와 이야기할 때도 그 남자는 어이없다는 표정으로 치사토를 보고 있었다. 아니나 다를까, 자신을 나쁘게 생각하고 있다는 것이 느껴질 정도로 은근히 무례한 태도도 보였다.

하지만 치사토의 하소연에 코요는 웃으며 기분 탓이라고 했다.

"토모유키는 고지식한 남자다. 황후인 너를 업신여길 리 없어."

"…하지만 그렇게 느껴지는걸."

"네가 불편하다면 토모유키를 광려전에 출입하지 못하도록 금하마. 내게는 그 녀석의 언동으로 네가 불쾌한 것이 더 큰 문제니 말이다."

"자, 잠깐만."

확실히 기분이 좋지는 않았지만, 그렇다고 해서 제 임무를 충실하게 수행하고 있는 사람의 행동을 제한할 생각은 없었다. 제 맘에 들지 않는다고 해서 사람을 처음부터 밀쳐내다니, 아이도 아니고 미움받는 권력자나 하는 짓이다.

아무리 기분 나빠도 어느 정도는 참을 수 있었고, 무엇보다 자신은 그렇게 멀지 않은 미래에 원래 세계로 돌아갈 요량이었다.

'어차피 돌아갈 나 때문에 인사이동 같은 걸 당하면 안 되잖아.'

"…금지하지 않아도 돼."

"진심이냐?"

"응."

늘 머무는 방에 돌아와 비로소 땅에 내려온 치사토는 제자리에 철퍼덕 앉았다.

"아~ 모험이 중간에 끝나 버렸어."

사실은 모험을 가장한 정찰이었는데 나카츠카사와 코요가 나타나는 바람에 목적을 이루지 못했다. 날을 다시 잡아 광려전 안을 살펴야 하는데 그런 기회가 다시 올지 걱정이었다.

"…뭐, 그 사람 탓은 아니야."

나카츠카사보다 코요가 나타난 것이 더 문제였다. 이 원수를 어떻게 갚아주지, 라고 생각하며 코요를 올려다본 치사토는 부채로 가린 남자의 입이 희미하게 일그러져 있는 것을 알아챘다.

'뭐지?'

완고한 태도 속에서도 여전히 자신에게 자상했던 코요의 그런 표정이 어쩐지 무서워서 치사토는 무의식중에 엉덩이 걸음으로 뒤로 물러났다. 그것을 본 코요는 한 발 다가와 눈앞에 무릎을 꿇고, 반듯한 얼굴을 바싹 들이밀며 말했다.

"내일 황자를 만나야겠다."

"뭐?"

'황자' 라는 단어가 어떤 의미인지 순간 어리둥절했다.

"오전에는 방에 있거라."

"에? 저, 저기, 황자?"

"내 아이 말이다."

"아, 아이라니……. 설마 아들?"

"맞다."

"뭐라고오오오오옷?"

치사토는 눈을 동그랗게 뜨고 큰 소리로 되물었지만, 코요는 소스라치게 놀라는 치사토가 더 이상했던 모양이다.

"내 나이에 아이가 없는 것이 오히려 이상하지."

듣고 보니 맞는 말이고, 마츠카제에게서 그런 말을 들은 것 같기도 한데, 그토록 열렬하게 자신에게 구애한 남자가 다른 여자와 아이를 만들었다는 것이 실감나지 않았다. 아무리 자신과 만나기 전이라고 해도 새삼 코요의 입으로 직접 들으니… 코요가 성인 남자라는 사실이 뼈저리게 와 닿았다.

"아, 아이는 몇 살이야?"

"황자는 여덟 살이다. 어리기는 하나 다음 천황으로서의 교양을 갖춘 똑똑한 아이지. 앞으로 네가 황자와 만날 일은 없겠지만, 주위에 좋지 않은 소문이 귀에 들어가기 전에 얼른 얼굴을 보고 끝내는 편이 좋을 것이다. 분명 우리를 축복해 줄 게야."

코요는 황자인 아들에 관해 가르쳐 주었다.

전처가 남긴, 차기 천황에 오를 유일한 존재. 자신의 아들이지만, 다음 천황이 될 황자는 유모와 특별히 선택한 선생들이 소중히 키우고 있고, 코요도 실제로 만나는 것은 오랜만이라고 했다.

그보다 네 명의 황녀는 태어났을 때 이후로 얼굴도 보지 않았다고 해서 치사토는 당최 이해가 가지 않았다.

게다가, 그 오랜만의 재회가 황자에게 새어머니가 되는, 즉 자신과 직접 대면하는 제법 복잡한 상황이었다.

"내 후계자는 이미 결정되었다. 치사토, 넌 아이 같은 건 걱정하지 말고 그저 사랑받기만 하면 된다."

치사토는 아무렇지도 않게 말하는 코요가 황당한 반면에

방금 들은 설명에 동요하고 있었다.

'아이가 있었어…….'

처문을 거친 지금, 치사토는 심각한 문제에 정면으로 맞닥뜨린 기분이었다.

남자인 자신을 깔아 눕혀 몇 번이나 안고, 도망쳐도 직접 뒤쫓아오는 코요. 자신의 어디가 그렇게 마음에 드는지 모르겠지만, 도망쳐도 금세 뒤쫓아올 정도니 틀림없이 취향이 그쪽인 남자라고 생각하고 있었는데…….

'아이까지 낳았다니.'

그러고 보니 코요는 남자뿐 아니라 여자도 사랑했고 아이까지 낳은 사람이다.

그렇다면 의외로 빨리 자신에게 질릴지도 모를 일이었다.

가슴 한구석이 욱신거리는 느낌이 들었지만, 치사토는 어떻게든 긍정적인 방향으로 해석하려고 했다.

"치사토?"

"……그 아이는 나랑 만나기 싫지 않을까?"

"왜?"

"보통 싫어하잖아. 자기 아버지의 부인이 그… 남자니까."

"네가 남자라고 말하지 않으면 된다."

"……."

"황자와 만나는 일은 거의 없다. 네가 남자라는 걸 굳이 말할 필요는 없겠지."

"……."

'그 사고방식이 도무지 이해가 안 된다고……'

만나지 않으니 알릴 필요가 없다니, 막연하게나마 높은 자리의 인간들은 다들 그런 사고방식인 건가 하는 생각이 들었다.

역사 시간에 신분이 높은 사람 대부분이 자식을 직접 키우지 않았다고 배웠었는데, 이 나라도 마찬가지로 아이를 제 손으로 돌보지 않는 데다가 만나는 일도 드물다는 걸 알자, 남자라는 사실을 들키지 않아서 마음이 놓이기보다 쓸쓸한 마음이 앞섰다.

코요의 새 아내로서 만나기는 싫었다. 하지만 아버지의 얼굴을 보기 힘든 아이에게 기회를 제공하는 것이라면 한 번 정도는 참을 만했다.

"…알았어. 딱 한 번이야."

떨떠름하게 동의하자 이번에는 반대로 코요의 눈이 휘둥그레졌다.

"어인 일이냐?"

"응?"

"이상하게 너답지 않아서 오히려 불안하구나."

쓴웃음을 흘리는 코요에게 치사토는 전부 그 아이 때문이라고 속으로 소리쳤다.

결혼한 것이 좋아서 만나는 게 아니라고 입꼬리를 축 늘어뜨렸지만, 코요에게는 치사토가 동의했단 사실이 더 중요한 듯했다.

"아름답고 젊은 어머니를 보고 황자도 기뻐할 것이다. 기대되는군."

"……."

'눈만 버릴지도 모르지.'

"기대되는구나. 치사토."

한눈에 남자임을 알아챌 것이 분명했다. 치사토는 천하태평인 코요를 답답해하면서 휴우 하고 한숨을 크게 내쉬었다.

그리고 다음 날.

"치사토님. 등을 더 곧게 펴십시오. …네, 좋습니다."

"더, 더 이상은 힘들다니까."

"귀족 아가씨라면 이 정도 치장은 당연한 일이옵니다. 안 그래도 치사토님은 살결이 희고 고우시니 피부가 돋보이는 기모노를 잘 고르면 더욱 아름다워지실 것이옵니다."

그렇게 말하면서 허리끈을 세게 조이는 마츠카제의 힘은 젊은 여자라고 할 수 없을 만큼 셌다. 아무리 당연한 것이라고 해도, 아직 기모노에 적응하지 못한 치사토는 겹겹이 겹쳐 입는 기모노가 무거워서 답답해 죽을 지경이었다.

'그 자식의 아들을 만나는 것뿐인데 이렇게 차려입어야 한다고?

아무래도 코요의 뒤를 이을 후계자로 결정된 황자를 만나려면 황후라도 최대한 예의를 갖춰야 하는 모양이었다. 상대는 겨우 여덟 살짜리 어린애지만, 코요 천황 다음으로 중요한 존재였다.

"저기, 마츠카제."

"네?"

"황자 말이야, 어떤 아이야?"

코요는 아이의 입장만을 이야기했을 뿐, 정작 어떻게 생겼는지 성격은 어떤지 같은 것은 아무것도 가르쳐 주지 않았다. 아니, 어쩌면 본인도 아이에 대해 잘 모르기 때문일 것이다. 정말로 부모인지 의심스럽지만, 자신이 간섭한대도 이 세계의 상식이 바뀌진 않는다.

"어떠냐 하오시면……."

"설마 버릇없고 그런 건 아니지?"

"…그런 분은 아니십니다."

조심스럽게 묻는 치사토를 보며 마츠카제는 씁쓸하게 웃었다.

"황자님은 보령에 맞지 않게 사려 깊고 영특한 분이시지요."

"영특하다라……."

"학문을 가르치는 스승님들께서 이토록 습득이 빠른 아이는 없을 것이라며 칭찬하셨다 합니다."

"이야~ 머리 좋은 애구나."

'싸가지 없을 것 같은 느낌이 팍팍 드는데…… 괜찮을까?'

코요의 유일한 황자. 코요가 자신에 대해 어떻게 이야기했을까? 치사토는 별의별 생각이 다 들어서 몹시 불안해졌다.

"괜스레 긴장되네."

"평소 치사토님답지 않으십니다. 그렇게 걱정하지 않으셔도 황자님은 이번 일을 다 이해하실 것이옵니다. 폐하께옵서도 함께 계실 것이니 부디 안심하시옵소서."

미소 지으며 위로하는 마츠카제를 보며 치사토는 고개를 끄덕였다. 바라던 바는 아니지만 코요가 곁에 있는 한 가슴 아픈 말을 듣는 일은 없을 것 같았다. 그래도 긴장이 풀리지 않았다.

'사정이 좀 복잡한 것도 있으니.'

지금부터 치사토가 만날 사람은 자신이 몸을 섞은 남자의 아이다.

이 세계는 사흘 연속 섹스하면 결혼했다고 인정하는 것이 상식인 모양이지만, 치사토는 그 결혼을 인정하지 않았고, 사실은 아이를 만나라는 말에 싫다고 거절하고 싶었다.

아이는 여덟 살이라고 하니, 치사토에게는 나이차가 좀 있는 동생 정도로 느껴졌다.

'그런 아이를 갑자기 친아들처럼 여기라니.'

"……휴우."

치사토는 한숨을 쉬고 눈앞에 드리워진 발을 보았다.

"이것 때문에 내 쪽에서도 보이지 않을 것 같은데?"

"자세히 보이진 않을 것이옵니다. 치사토님의 얼굴을 폐하 외의, 황자님을 포함한 다른 사내에게 쉽게 보일 수는 없사온지라."

"왜?"

"폐하의 황자님이라고 하나 사내임은 달라지지 않기 때문입니다."

"……."

'그런 사고방식이 이상하다고.'

이런 꼴을 하고 있지만, 자신은 분명 남자였다.

남자인 자신에게 남자가, 그것도 아직 어린애에 불과한 아이가 이상한 마음을 품으리라고는 생각지 않았다.

＊　　　＊　　　＊

"그간 강녕하셨습니까. 아버님."

"너도 여전하구나."

코요는 제 앞에서 엎드려 절하는 황자, 장차 이 나라의 천황이 될 카즈아키(和彰)를 보며 환하게 웃었다.

먼저 세상을 떠난 전처와의 사이에서 낳은 황자는 언제 보아도 자신의 어릴 적 모습과 똑같았다. 크고 긴 눈매에 높은 코, 얇은 입술까지, 나란히 서 있으면 영락없는 부자

사이였다.

그러나 카즈아키가 자신을 너무 닮은 탓에 그 얼굴에서 죽은 아내의 잔영을 떠올릴 순 없었다.

거의 만나는 법이 없는 코요의 아이들은 저마다 유모가 있는데, 그중 카즈아키는 다음 천황이 될 몸이기 때문에 코요와 정기적으로 대면했고 스승도 많았다.

자식 자랑을 할 생각은 아니나 카즈아키는 제 아들이지만 두뇌 회전이 빠르고 기억력이 뛰어났다. 분명 천하의 패권을 거머쥘 좋은 천황이 될 것이라는 주위의 말도 있어서 코요는 안심하고 다음 시대를 맡길 요량으로 카즈아키를 대했다.

"이번에 새 황후님을 맞이하실 일 말입니다."

아직 변성기를 거치지 않은 미성으로 딱딱한 말투를 쓰는 카즈아키에게 코요는 무심코 씁쓰레 웃으며 아니라고 그 말을 부정했다.

"앞으로 맞이할 것이 아니라 이미 맞이했느니라."

"맞이하셨다고요?"

"치사토와 네가 서로 볼 일은 없겠지. 하나 황자가 새로 태어나 후계자 자리를 넘보지는 않을 것이다. 너는 아무 걱정 말고 내 뒤를 이어 좋은 천황이 되기 위해 정진하는 데 전념하라."

"……예."

남자인 치사토가 아이를 낳을 일은 없다.

아이가 생기면 지금보다 더 치사토를 속박할 수 있을 텐데 하는 아쉬움이 남지만, 더 깊게 생각해 보면 이미 후계자가 있는 데다, 치사토와 둘만의 시간을 즐기는 쪽이 훨씬 가치 있었다.

"이제 갈까? 치사토도 너와의 만남을 기대하고 있구나."

"네."

자리에서 일어선 코요의 뒤를 따르듯 카즈아키도 일어섰다.

그때, 지난 번 만났을 때보다 키가 부쩍 컸다는 걸 깨달았다.

'아이는 참으로 빨리 크는구나.'

치사토가 기다리고 있는 방에 왔을 때는 이미 발이 내려진 상태였다. 발 앞에는 마츠카제와 다른 궁녀 몇 명이 무릎을 꿇고 앉아 있었다.

여인들은 함께 찾아온 천황과 동궁을 보고 깊게 고개를 숙였다.

"치사토는?"

"기다리고 계시옵니다."

코요가 마츠카제의 대답에 고개를 끄덕이며 주위에 있는 자들에게 물러나라 손짓했다. 그리고 곧장 발을 걷고 안으로 들어갔다.

"자, 잠깐만……."

첫 대면인 탓에 긴장하고 기다리고 있었던 듯 치사토는

다짜고짜 발을 걷고 들어오는 코요를 보며 인상을 찌푸렸다.

"내가 곁에 있는 것이 불편한 게냐?"

"불편하다니, 이봐."

"조용하거라. 지금부터 카즈아키가 네게 인사할 것이다."

소곤소곤 다투고 있지만, 천황인 자신에게 꼬박꼬박 말대꾸하는 자는 치사토뿐이다. 그러한 대화가 코요 본인은 즐거웠으나 카즈아키가 발 너머로 이 대화를 들었다면 당혹스러웠을 것이다.

'치사토에게 다른 마음을 품는 것도 곤란하지.'

이 만남은 현 천황의 새 황후와 황자의 대면으로, 반드시 거쳐야 할 관문이었다. 다만 코요는 필요 이상으로 치사토를 다른 이와, 제아무리 아들이라도 만나게 할 생각이 없었기 때문에 인상이 남는 걸 바라지 않았다. 이 두 사람이 서로 관심을 갖는 상황은 용납할 수 없었다.

"카즈아키, 치사토에게 인사하거라."

"예."

발 너머에서 들리는 목소리에서 일말의 동요도 느껴지지 않았다. 코요는 치사토 옆에 앉아 황자의 인사를 함께 들었다.

"새어머님, 이번 아버님과의 성혼을 진심으로 감축드리옵니다."

"아, 아, 아니야."

코요는 가르칠 것도 없이 완벽한 어투로 축하 인사를 올리는 카즈아키에 만족해하며, 옆에 앉아 있는 치사토를 내려다보았다. 발을 사이에 두어 얼굴이 또렷하게 보이지는 않겠지만, 가르쳐 준 나이를 고려하면 매우 어른스럽다고 놀랐을 것이다.

당황한 듯 머리를 숙이는 모습에 웃자 그 기척을 느꼈는지 치사토가 뺨을 붉게 물들인 채 흘겨보았다.

"왜 그러느냐?"

소리를 죽이고 입만 벙긋거리며 묻자 웬일인지 손에 든 부채로 무릎을 때린다. 가벼운 접촉이 전보다 친밀해졌다는 증거인 것 같아서 코요는 점점 웃음보가 터졌다.

발 안쪽의 상황이 보이지 않는 카즈아키는 말을 이어갔다.

"들리는 소문에 새어머님은 하늘에서 보낸 존귀한 분이라고 하더이다. 그런 분이 황후님이 되시다니 기쁘기 그지없습니다."

"……."

'어디서 들었더냐.'

카즈아키에게 사소한 소문을 이야기한 자의 얼굴을 떠올리며 코요는 미간을 찌푸렸다.

치사토의 자세한 성별은 아무도 모르는 채 소문만 무성한 것이 과히 좋은 상황은 아니었다.

"핏줄로 맺어진 사이는 아니오나 소자와 새어머님은 모자지간이니 가능하시다면 얼굴을 한 번 뵙고자 청합니다."

"어……."

"카즈아키."

갑자기 무슨 말을 하는 게냐. 코요는 근엄한 목소리로 이름을 불렀다.

자신과 이야기를 나눌 때는 치사토에게 전혀 관심을 보이지 않았던 카즈아키. 이런 부탁을 하는 데는 다른 뜻이 있는 것인가?

말귀가 밝고 영특한 카즈아키가 떠올렸을 것은 아니라고 판단한 코요는 그 배후를 곰곰이 되짚어봤다.

"고귀한 여인을 만나려면 발을 사이에 두어야 하는 건 익히 알고 있을 터. 치사토는 황후이니라."

"하오나 아버님, 새 황후님이 황자를 생산하지 않으시리라고 장담할 수 없습니다. 어쩌면 제 이복동생의 어머님이 되실 분의 얼굴조차 모르는 것이 도리어 부자연스럽다 사료됩니다."

"……."

도무지 여덟 살짜리 아이가 하는 말처럼 들리지 않았다.

아무리 카즈아키가 다른 아이들보다 영리하다고 해도 지금 하는 말은 어른의 의도가 담겨 있었다.

'치사토를 싫어하는 누군가가 카즈아키와 접촉했구나…….'

이미 사흘 밤 동안 치사토와 인연을 맺어 처문을 무사히 마친 코요는 명실공히 당당하게 치사토를 처로 맞이할 수 있었다. 그러나 우선은 하기노의 양녀로 입적시키기는 했으나, 출신이 의심스러운 치사토가 이 시대에서 가장 높은 자인 코요 천황의 처가 되기란 원래 불가능에 가까운 일이었고, 기껏해야 여어로 입궐하는 정도였을 것이다.

그런 것을 코요가 간절히 원해서 치사토를 황후로 앉힐 뜻을 억지로 관철시켰다. 그것을 탐탁지 않게 여긴 자가 많을 것이다.

그렇다고 해서 정말 황자인 카즈아키를 이용했을지는 의문이지만, 아직 아이라고 만만하게 여기는 자가 없다고도 볼 수 없었다.

"카즈아키, 너……."

코요는 카즈아키가 어떤 의도로 그런 말을 꺼냈는지 추궁하려고 했는데,

"역시 그렇지?"

"치사토?"

그때까지 생각에 잠긴 듯 가만히 앉아 있던 치사토가 벌떡 일어나 발에 손을 올렸다.

"이런 걸로 가리고 이야기를 나누는 것도 실례겠지."

"치사토?"

코요가 막을 새도 없이 치사토는 발을 올리고 바깥으로 나가 버렸다.

*　　*　　*

"……!"

느닷없이 스스로 발을 걷고 나온 상대방을 보고, 아니나 다를까 카즈아키의 눈이 휘둥그레졌다.

황후가 없었던 코요 천황을 몸으로 홀린 요부.

정실부인의 자리를 이용해 호사를 누리려는 악녀.

카즈아키를 돌보는 유모와 궁녀들은 갑자기 출현한 코요 천황의 새 황후에 대해 온갖 악담을 퍼부었다. 아직 성인식을 치르지 않은 카즈아키였지만, 주위에서 생각하고 있는 것만큼 아이는 아니라서 그런 악담을 진담으로 믿지 않았다.

그러나 먼 훗날 천황이 될 자신과 여동생들에게 있어 새 어머니라는 존재는 컸다. 만약 아이를 낳는다면, 그리고 그것이 황자라면 형제들의 자리를 위협할 존재가 된다.

그렇기 때문에 직접 만나서 인품을 제 눈으로 확인하겠다고 굳게 마음먹었었는데, 상대는 뜻밖에도 아직 소녀라고 해도 좋을 만큼 어리고 앳된 모습이었다.

"…치사토님?"

"응. 처음 만나네. 역시 얼굴을 보고 이야기해야 진심이 전해지지."

눈앞의 소녀는 그렇게 말하며 웃었다. 카즈아키가 늘 보는, 부채로 얼굴을 반쯤 가리고 남의 눈을 의식하는 웃음이 아니라 어린아이처럼 순수하게 웃는 얼굴이었다. 카즈아키는 어떻게 대답해야 할지 순간 할 말을 잃어버렸다.

'나를 싫어하는 눈치는 아닌데……'

그 표정 속에 전처의 소생인, 그것도 다음 천황으로 결정된 자신을 껄끄럽게 여기는 기색은 보이지 않았다.

"좀 묘한 상황에서 만났지만 혹시… 이상한 생각 하는 건 아니지?"

"…이상한 생각이라니요?"

"예를 들어, 내가 저 자식을 먼저 유혹했다든지, 나쁜 속셈이 있을 거라든지, 뭐 그런 거. 그런데 전부 엄청난 오해야. 먼저 손댄 쪽은 저 자식이거든!"

그렇게 말하면서 등 뒤에 있는 아버지를 손가락으로 가리켰다. 천황을 그런 태도로 대하면 불경죄로 참수당할 만큼 큰 죄인데 카즈아키가 알고 있는 엄한 아버지는 조금도 화내는 모습을 보이지 않았다.

그런 아버지의 모습에서 새 처에 대한 강한 집념이 엿보여서 자리를 박차고 뛰쳐나가고 싶어졌다.

"……"

"…저기, 듣고 있니?"

"……"

'태정대신인 하기노님의 양녀라고 하던데…… 교양이라곤 배우지 않은 어린애 같은 어조로군.'

이것으로 미루어볼 때 특별한 사정이 있다는 소문은 사실인 것 같았다.

'저 자식이라니, 여자가 쓸 단어가 아닌데.'

외모에서 풍기는 청순함과 달리 거친 치사토의 말과 행동에, 그 정체를 밝히리라고 벼르고 있던 카즈아키도 어떻게 대응해야 할지 갈피를 잡을 수 없었다.

"너한테도 분명히 이야기하는데 나는 저 자식과 결혼할 마음 따윈 전혀 없어."

"네?"

"치사토!"

아버지가 딱 잘라 말하는 치사토를 날카롭게 꾸짖었지만, 치사토는 물러날 기미를 보이지 않았다.

"이해가 잘 안 가겠지만, 나는 여기 잠시 있는 것뿐이야."

어느새 치사토의 시선은 자신에게서 아버지로 옮겨갔다. 그리고 심각한 목소리로 따졌다.

"당신도 인정하지? 처음 약속은 그런 게 아니었잖아!"

"그때와 지금은 사정이 다르다."

"사정 좋아하시네! 나는 그때나 지금이나 똑같다고."

아무래도 다투고 있는 모양이다. 그 원인은 명확히 모르겠지만 치사토가 황후가 된다는 사실을 자처해서 이 결혼을 받아들이지는 않은 듯 보였다. 설마 아버지가 권력을 휘둘러 강제로 납치해 온 것일까.

그런 생각이 머릿속에 떠올라 카즈아키는 아버지에게 물었다.

"…아버님, 새어머님은 이 성혼이 새어머님의 뜻과 다르다고 말씀하시는 것 같습니다만."

"환경이 급격히 변해서 혼란스러워하고 있는 것뿐이다. 카즈아키, 오늘은 이만 물러가거라."

"……."

"나는 치사토와 할 이야기가 있다."

기분이 몹시 상한 듯한 아버지가 자신이 물러가고 난 뒤 치사토를 어떻게 할지 걱정스러웠지만, 아무리 아들이라도 천황인 아버지가 하는 일에 관여할 수는 없었다.

"알겠습니다. 하오면 새어머님, 다음에 다시 느긋하게 이야기를 들려 주십시오."

"가, 가버리는 건가."

막 일어서려던 카즈아키가 불안 섞인 치사토의 혼잣말에 멈칫했다. 하지만 눈빛으로 물러가라 다그치는 아버지를 보고 천천히 머리를 숙였다.

"이만 물러가겠습니다."

이대로 가버리면 치사토는 아버지와 어떤 대화를 나눌까? 충격적인 지금의 대화는 아버지 역시 뜻밖이었을 것이다.

하지만 휘둘리지 않는 강인함을 지닌 치사토라면 아버지와 대등하게 싸울 수 있을 것 같아서 카즈아키는 괜스레 부럽기까지 했다.

'하지만 뜻밖의 이야기를 들었어.'

건널복도를 걸으면서 카즈아키는 방금 치사토의 이야기를 머릿속으로 곱씹었다. 어떻게 생각해도 아버지와 결혼을 바라지 않았다는 뜻으로밖에 해석되지 않았다.

'그렇다면 역시 소문과 다르다는 건가?'

카즈아키는 제 남매의 어머니인 전 황후가 죽은 뒤 그 자리를 둘러싸고 추한 다툼이 일어났다는 사실을, 지금보다 한참 어렸음에도 똑똑히 기억하고 있었다. 차기 천황 자리가 약속된 동궁인 자신은 물론이고 배다른 누이들이 불행해질까 두려워 필사적으로 주위 정보를 모았었다.

그렇기 때문에 갑작스럽게 등장한 아버지의 새 처에, 그것도 갑자기 황후로 맞이하겠다는 그녀에게 극심한 경계심을 품고 있었지만, 아무래도 그 걱정은 기우인 것 같다.

'아무튼 다시 한 번 만나야 해……'

얼굴을 가리지 않고 자신을 똑바로 쳐다보고 이야기하는 그 사람과 한 번 더 만나고 싶었다. 카즈아키는 그렇게 마음먹고 자신의 거처로 돌아갔다.

*　　　*　　　*

'어떻게 벌할까……'

카즈아키가 떠나고 방 안에 둘만 남게 된 순간, 코요는 치사토의 가녀린 팔을 붙잡아 제 쪽으로 끌어당겼다.

"아, 아파!"

벗어나기 위해 뒤로 물러나려 했지만, 욱신거릴 만큼 억세게 잡은 손이 그것을 용납하지 않았다. 치사토의 얼굴에는 두려움과 반항심이 뒤엉킨 듯한 표정이 어렸다.

그 행동이 화가 났다. 당장에라도 이 끓어오르는 감정을 터뜨리고 싶었으나 치사토를 겁먹게 만들고 싶지 않아서 코요는 애써 감정을 억누르고 씁쓸한 어조로 말했다.

"그 통증이 내 마음의 고통이다."

"…윽, 그래도 그렇지!"

"이미 너와 결혼한 사실을 안팎으로 통보한 내 입장도 생각하지 않고 아들 앞에서 결혼하지 않겠다고 잘도 나불거렸겠다. 치사토, 너는 내 심정을 조금도 헤아리지 않는구나."

"앗! …윽."

말이 끝남과 동시에 치사토의 팔을 잡아당겨 그 자리에 쓰러뜨렸다. 갑자기 나무 바닥에 부딪힌 탓에 치사토는 고통스런 신음 소리를 흘렸지만 코요는 개의치 않았다.

"다시 한 번 그 육체에 새겨두어야겠다."

"뭐, 서, 설마, 여기서 이상한 짓을 할 생각은 아니겠지?"

"이상한 짓? 별 해괴한 소리를 다 듣겠구나. 이것은 너를 사랑하는 정당한 행위다."

치사토 역시 그토록 희열을 느꼈으면서 마치 일방적이었다고 비난하는 듯한 태도였다.

요 며칠 치사토의 심정을 배려해 몸을 섞지 않은 것이 응석만 키운 꼴이 됐다. 심장에 나쁜 말을 들을 바에야 질펀한 쾌락에 젖는 쪽이 나았다.

"무슨 생각 하는 거야! 언제 사람이 올지 모르는 곳에서, 게, 게다가, 벌건 대낮에!"

"이 세계에서 내게 의견을 말할 수 있는 자는 없다. 내가 언제 어디서 누구와 무엇을 하든 다들 못 본 체하지. 너도 들썩이는 바람 소리 따윈 신경 쓰지 말거라."

"그런 억지가 어딨어!"

몸 아래에서 치사토가 울부짖고 있었으나 코요는 신경 쓰지 않았다. 사소한 저항은 행위를 고조시키기 위한 전희였고, 치사토가 끝내는 몸을 열어 자신을 원하게 되리라는 것도 알고 있었다.

순수하고 새하얀 육체는 코요의 애무에 달콤한 신음을 토했다. 치사토의 성격이 몸처럼 솔직하다면 쉬웠겠지만, 이토록 다루기 힘든 덕분에 정복욕이 강해졌다.

"치사토……."

고개를 숙여 입술을 가까이하자 치사토는 얼굴을 찡그리며 고개를 돌렸다. 그 모습에 미소 짓는 코요는 가냘픈 턱을 잡고 이번에는 억지로 입술을 포갰다.

"읏."

굳게 다문 입술 사이로 혀를 넣지 못하고, 코요는 그대로 조그마한 입술을 핥고 가슴에 손을 넣어 기모노 앞섶을 헤쳤다.

"시, 싫어!"

"가만히 있거라."

"어째서, 어째서 이런 짓을 하는 거야!"

"너를 어여삐 여기기 때문이다. 치사토, 순순히 내게 몸을 맡겨."

"……윽!"

이기적인 요구를 하며 코요는 위에서 치사토의 얼굴을 똑바로 내려다보며, 울먹이는 치사토의 뺨으로 입술을 옮겼다.

"그, 그만해!"

"무엇이 싫으냐."

"아, 아직 밝잖아. 그, 그리고 이런 곳에서 그런 건 못 해!"

"그런 것이라니?"

아직 햇빛이 남아 있는 것은 분명하나 방탕한 쾌락을 쫓는 게 무엇이 잘못됐단 말인가.

초조해하는 치사토를 내려다보면서 코요는 겹겹이 둘러싼 기모노를 풀어 헤치고 치사토의 다리를 만졌다.

"다, 당신이 지금 하려는 것 말이야! 이런 건 남에게 보이는 게 아니라 밤에 둘만 있을 때 하는 거잖아. 아, 아니,

딱히 하고 싶지도 않아!"

"치사토, 무슨 말을 하는지 모르겠구나. 너는 이미 내 처가 된 몸이다. 부부가 육체관계를 맺는 것은 당연한 이치이고, 천황인 나는 언제 어디서 사랑하는 너와 살을 섞든 자유다."

모든 것이 허락되는 최상의 지위인 자신에게 사랑받고 있다는 것을 치사토는 왜 이해하지 못하는 걸까?

'난 늘 너를 품에 안고 싶은데……'

코요에게 멈출 마음이 없다는 걸 깨달았는지, 치사토의 얼굴이 어린아이가 울기 일보 직전의 표정처럼 일그러졌다. 가련하고 귀여웠다.

"아, 아무튼 지금은 싫어!"

"미운 소리만 골라하는군. 하나 결국에는 내게 안겨 쾌감에 몸을 맡길 것이다. 너는 색을 좋아하는 내게 어울리는, 쾌락에 약한 육체라는 걸 자각해라."

"그, 그런 게……."

절대로 아니라고 우긴 주제에 눈동자는 이미 기대로 젖어 있었다. 그런 눈빛으로 부정하다니, 차라리 감동스러울 정도다.

그렇다면 끝까지 반론하거라. 그때마다 부정하고 마지막에는 그렇게 생각하도록 해주겠다고 통보해 주마. 그때 치사토는 어떤 표정을 지을까.

기모노를 벗기는 코요의 손을 뿌리치려고 입술을 꼭 깨

물고 버둥거리는 치사토를 어떻게 지배할지, 그 생각으로 머릿속이 꽉 찼다.

좀처럼 예쁜 소리를 꺼내지 않는 입. 부끄럽다면 순종적인 태도로 마음을 표시하면 될 것을 행동까지도 자신을 거부하는 치사토가 미웠지만, 그 이상으로 치사토를 사랑하는 자신이 비참했다.

깊고 살갑게 사랑해 주려고 했는데, 처문을 마치고 황자를 만나도 여전히 자신과의 관계를 받아들이려 하지 않는 치사토에게 애태우다 결국 이렇게 강제로 육체를 굴복시켜서 마음을 가라앉힐 수밖에 없었다.

"폐하, 다과를……."

"……!"

그때 건널복도에서 마츠카제의 목소리가 들렸다. 정녕 카즈아키가 자리를 떠났다는 걸 모르고 치사토의 마음을 풀어주기 위해 눈치빠르게 다과를 내온 것이냐.

"……웃."

그 순간 깔려 있던 치사토의 몸이 떨리더니, 의지하듯 자신의 기모노를 움켜쥐는 모습이 보였다.

치사토가 저항한 탓에 기모노와 머리가 발 너머로 삐져나가고 말았다. 그것을 보고 현명한 마츠카제는 안에서 무슨 일이 일어나는지 금세 눈치챘으리라.

'치사토는 그것을 두려워한 것인가.'

코요는 치사토의 순진한 반응에 미소를 머금고 대답했다.

"들어오지 마라."

"…폐하?"

당황한 목소리가 자신을 불렀다.

"황자는 이미 제 전각으로 돌아갔다. 이곳에는 나와 치사토 둘뿐이다."

"……."

"주변을 다 물리거라. 내가 부를 때까지 아무도 가까이 오지 말라."

"…분부 받들겠나이다."

영민한 마츠카제는 이 한마디로도 코요가 무엇을 말하고 싶은지 알아차렸다. 짧게 대답한 뒤 그대로 떠나는 옷자락 소리가 들렸다.

"…치사토, 마츠카제는 갔다."

인기척이 완전히 멀어지고 나서 코요는 치사토의 얼굴을 내려다보았다.

"저, 정말?"

"네 소원을 이루어준 나에게 설마 이대로 떨어지라고 하지는 않겠지?"

애초에 이 자세를 취한 쪽이 자신인 것은 덮어두고, 코요는 치사토의 바람을 이루어준 보답을 요구했다.

어리석은 아이를 속이는 것은 쉬운 일이다.

"치사토."

여전히 망설이는 치사토를 보면서 이름을 부르자 흔들리

는 눈동자가 이쪽을 본다. 이번에는 거부하는 빛을 보이지 않는다는 사실에 미소 지으며, 코요는 입술을 포개 당연한 듯 혀를 넣었다. 뜨거운 입안을 구석구석 희롱하고 움츠러든 치사토의 혀를 휘감았다. 달콤한 타액을 한 방울이라도 놓치고 싶지 않아서 잇달아 홀짝이자 음란한 소리가 고요한 방에 울려 퍼졌다.

"으흥, 응, 아흥."

코요는 얼마 동안 스스로 만족할 때까지 치사토의 입안을 맛보더니 마침내 소리를 내며 입술을 뗐다. 이어서 턱에서 목으로 더듬어 내려갔다.

솜털 하나까지 달콤한 치사토의 몸을 이따금 자국이 생길 정도로 빨면서 음미하자 흰 살갗이 서서히 새빨갛게 달아올랐다. 아무리 바라지 않는다 한들 몸은 느끼고 있다는 증거에 코요는 진정 즐거워졌다.

'동성이니 뭐니 해도 네 몸은 내 것이다.'

입으로는 끝까지 거부해도 가벼운 애무를 선사하면 부드럽게 녹아내리는 육체. 쾌감에 약한 몸은 타고난 것도 있겠지만, 자신이 여러 번 안아서 길들인 것이라는 자부심도 있었다.

"치사토."

"……."

"기분이 좋은가 보구나."

몸 아래에서 자신을 응시하는 치사토의 눈은 이제 멈춰

달라고 말하는 것인지 아니면 더 원한다고 말하는 것인지 알 수 없었다. 물론 코요는 자신이 믿는 쪽을 택했다.

"밝은 태양 아래 너를 안는 것도 재미있구나."

"뭐……."

"걱정 말거라. 네 아름다운 몸을 보는 것은 나 혼자고, 음란한 신음 소리를 듣는 것도 나 혼자다."

"자, 잠깐만……."

갑자기 두려움이 짙어진 표정으로 바뀐 치사토를 보고 있자니 깊은 곳에서 뜨거운 욕정이 더욱 들끓었다. 겁주려 했던 건 결코 아니었지만, 이 정도에 함락되다니 살짝 울리고 싶었다. 아침이슬 같은 눈물이 발그레한 둥근 뺨을 타고 흐르는 모습을 보고 싶었다.

"네가 나쁘다."

이런 욕망을 불러일으키는 쪽은 치사토다.

"내, 내가?"

"시간이 지났는데도 나를 사랑하지 않는 네가 나쁘다."

'몸도 마음도 내게 맡기면 그야말로 그 몸이 녹아내릴 정도로 사랑해 줄 터인데…….'

이런 식으로 울리는 것은 모두 치사토가 고집을 부리는 탓이다.

"겁먹지 마라. 네게 내리는 벌은 미치게 만들 정도의 쾌락이다."

"아키마사."

"그 입 다물라."

"으흥… 웃……."

또 대꾸하려는 치사토의 입을 입맞춤으로 막았다. 곧이어 치사토의 몸에 힘이 빠지고… 그 싱거움에 코요는 입술을 포갠 채 씁쓰레하게 입꼬리를 일그러뜨렸다.

*　　　*　　　*

눈앞의 남자와 이런 관계가 되기 전에는 여자를 사귄 적이 없었다. 키스조차 상상에 그쳤던 자신이 이렇게 짧은 시간에 이 정도로 쾌감에 약한 몸이 되다니… 만약 그것이 사실이라면 모두 코요 탓이다.

'나, 나는 온종일 섹스만 생각하는 당신과 다르다고!'

분위기에 휩쓸리면 지금 상황에서 벗어날 수 없다는 걸 너무 잘 알고 있는데, 아무리 애를 써도 반항할 수 없었다.

치사토는 코요의 키스를 받아들이는 자신에게 내심 욕을 퍼부었지만, 다리를 더듬는 손을 어떻게 막아야 할지 몰랐다.

사실 급소를 차면 될 테지만, 겹겹이 껴입은 기모노가 무거워서 몸이 마음대로 움직이지 않았다. ……아니, 그것은 도망치지 않은 자신의 변명일지도 몰랐다. 이래 봬도 치사토도 남자다. 체격으로는 상대에게 맞서지 못해도 죽을힘을 다해 저항하면 상황이 조금 달라질 것이다.

"치사토."

"…으흥."

저항하지 않는 이유가 혹시…….

"……!"

생각에 빠져 혼란스러워하는 사이에 코요가 하카마(袴) 끈을 풀고 허벅지까지 단숨에 끌어내린 뒤 고스란히 드러난 물건을 움켜쥐었다.

"싫… 어!"

'이런! 팬티가 없으니 너무 쉽게……!'

"아, 아키마사, 나는!"

"왜 그러느냐?"

치사토의 얼굴을 뚫어지게 내려다보면서 코요는 놀리듯 이유를 물었다. 되받아쳐 주고 싶은데 이를 악물고 금방이라도 새어나올 듯한 교성을 참는 게 고작이었다.

"네 양물이 달라지는구나. 내 손길이 그리도 좋으냐?"

"……!"

사르륵 물건을 쓸어올리는 감촉에 치사토는 숨을 삼켰다. 굳이 듣지 않아도 몸의 변화는 본인이 가장 잘 알고 있다. 남의 손이 선사하는 쾌감을 기억하는 그것은 비열하게도 완급을 조절하며 움직이는 코요의 손놀림에 솔직하게 반응했다. 아직 세 번, 아니, 벌써 세 번이나 안긴 탓인지 이미 익숙해진 그 감촉은 어디를 어떻게 자극하면 느끼는지 터득한 듯했다.

"진정 내 것과 똑같은 것으로는 보이지 않구나."

"……!"

'그, 그건… 내 것이… 흑!'

"풋풋한 네 육체는 훨씬 아름답게 성장하겠지. 하나 그 몸이 나에게 사랑받기 위해 존재한다는 사실은 변하지 않을 것이다."

"아… 으흥……."

말도 안 되는 소리는 집어치우라고 쏘아주고 싶지만, 앙 다문 입을 열면 낯부끄러운 신음 소리가 새어나올 것 같았다. 그것을 참으려고 안간힘을 쓰던 치사토는 그 틈에 무릎으로 하카마를 발목까지 끌어내린 코요의 행동을 막을 정신이 없었다.

허전해진 아랫도리에 눈길이 닿았을 때는 이미 하카마가 벗겨져 있었다. 치사토는 허여멀건 다리를 오므리고 이리저리 비틀면서 애원했다.

"자, 잠깐만……."

"다들 물러났다고 하지 않았느냐. 언제 사랑하는 이의 몸을 어루만지든 그것은 내게는 마땅히 그래야 할 시간이기 때문이다."

사람이 있고 없고의 문제가 아니었다. 벽이 없는 방은 안쪽에서 나는 소리가 밖에 훤히 들렸다. 복도에는 분명 코요를 호위하는 남자들이 대기하고 있을 것이다. 그중에 나카츠카사가 있다고 생각하면… 저항했던 주제에 싱겁게 안기는 치사토를 어떻게 생각할까.

"아름답게 치장한 너도 좋지만, 백옥 같은 피부를 보기가 이렇게 힘들어서야. 옷도 아름다우나 이 깊은 곳에 존재하는 흰 살결이야말로 가장 아름답다."

코요는 입으로 그렇게 말하면서도 그 수고조차 즐겁다고 생각하며, 햇빛 아래 드러난 치사토의 가슴에 입술을 떨궜다. 조건반사로 몸이 움찔했다.

"......"

웃는 숨결을 피부로 느낀 다음 순간, 코요는 조그만 가슴 장식을 키우기 위해 입에 머금고 혀로 굴리며 깨물었다. 납작한 연분홍빛 돌기는 애무에 반응하며, 느리지만 서서히 돌아오르기 시작했다.

"색이 선명해졌다."

"거, 거짓말."

"오오, 이쪽은 내 손을 밀어내고 있구나. 그래, 알았다. 본격적으로 귀여워해 주마."

"훗, 으흥, 아아아, 웃"

다시 남근에 자극을 느낀 치사토는 하체로 몰려드는 열기를 주체할 수 없었다. 끝에서 애액이 흘러나와 코요의 손을 적시고 물소리가 더욱 커졌지만 그것을 막을 방도가 없었다.

"사랑스럽구나. 구슬 두개가 이렇게나 부풀어 오르다니. 어서 절정에 이르고 싶지 않느냐."

"홋, 아홋, 웃."

남근 아래 달린 주머니는 쾌감을 가득 머금고 부풀어 있었다. 그렇지 않아도 내보내고 싶어 미칠 지경이었지만 그것을 한 조각 자존심으로 간신히 억누르고 있었다.

하지만 자신의 탁한 체액으로 젖은 손끝으로 구슬을 주물거리는 코요의 부드러운 손놀림에 그 벽이 점점 무너져 갔다.

'더, 이상 못 참겠어… 웃.'

치사토의 한계를 깨달았다는 듯 코요가 뭉툭한 끝에 난 작은 구멍을 손톱으로 간질이자 치사토는 마침내 열기를 해방시켰다.

'으… 분해……'

자신이 내뿜은 열기가 코요의 옷에 튀었다. 그 광경을 태연히 내려다보고 있는 코요의 뜨거운 눈빛이… 부끄러웠다.

"이제… 그만……."

"무슨 소리를 하는 게냐, 치사토. 아직 나의 정을 네게 쏟지 않았다. 이제 네 그곳에……."

"……!"

젖은 손가락이 골짜기 사이를 의미심장하게 훑고 지나간다. 축축한 손끝이 구슬과 봉오리 사이를 천천히 훑고 내려가 이따금 봉오리를 건드렸다. 물론 아직 굳게 닫혀 있는 그곳은 손가락 끝도 머금지 못했고, 그것을 확인한 손가락은 다시 느긋하게 움직이기 시작했다.

"아… 하윽… 훗."

달아올라 무심코 흘린 목소리. 하지만 코요는 들리지 않는 척 손가락을 계속 움직였다.

"어서 네 안에 들어가고 싶다."

"안, 안 돼."

"거짓말하지 마라. 치사토, 네 것은 다시 눈물을 흘리고 있다."

"……!"

코요의 말처럼 치사토의 물건에서 흘러나온 맑은 액체는 아직 멈추지 않았다. 이대로 절정에 오르는 게 분해서 치사토는 손을 뻗어 제 것을 쥐고 막으려 했지만, 코요는 그 즉시 손을 붙잡아 이번에는 반대로 제 아랫도리로 가져갔다.

"내 것도 너를 원하며 이런 모습으로 변했다."

옷 너머로 또렷하게 느껴지는 코요의 남근. 이것이 제 몸의 중심을 꿰뚫는 순간을 떠올리곤 치사토는 몸을 부르르 떨었다.

코요는 그런 치사토의 반응을 보면서 도망치지 못하게 무릎으로 치사토의 다리를 누르고 재빨리 옷을 벗기기 시작했다.

"치사토."

이윽고 몸에 흰 코소데(小袖, 우치기 안에 받쳐 입던 속옷) 한 장만 걸친 코요는 치사토를 내려다보면서 웃었다.

"아무 생각하지 말고 나만 보면 된다."

늘 말끔하게 정돈된 머리가 살짝 헝클어지자 성숙한 성적 매력이 풍긴다.

그 순간 넋을 잃고 코요를 바라본 치사토였지만, 금세 당황해서 시선을 거두고 자신이 떠올린 생각을 애써 부정했다.

'기, 기분 탓일 거야!'

"무슨 생각을 하느냐?"

"아, 아무것도……."

"당연히 내 생각이겠지?"

"……윽."

'지나치게 자신감이 넘친다니까!'

가령 맞다 쳐도 그것은 자신이 이런 행위에 익숙지 않아서다. 코요에게 느낀 감정을 애써 부정하고 있는데 갑자기 아랫도리에 축축한 감촉을 느껴, 놀라서 내려다보았다.

코요가 허벅지 안쪽을 부드럽게 핥고 있었다.

"잠……!"

허벅지를 쓸던 혀가 몸을 타고 올라가 치사토의 남근을 찾았고, 삼켜 버릴 듯 입에 머금었다. 한손은 돌기를 지분대고 다른 한손은 남근의 뿌리에 달린 구슬 두 개를 희롱하기 시작했다. 쾌감이 물밀듯이 밀려들었다.

"아, 아키마사,

평소에는 '당신'이나 '그 자식'이라고 부르던 자신이 이럴 때 이름을 부르다니 어떻게 된 일일까. 저지할 생각이었는데 역효과가 나는 바람에 음란한 입놀림이 더욱 심해졌고, 치사토의 허리가 자연스럽게 들썩였다.

이대로는 코요의 입안에 뜨거운 것을 쏟아낼 것 같아 어깨를 힘껏 밀치려 했지만, 손목을 잡고 누르는 통에 뜻대로 되지 않았다. 이미 그 끝은 목젖과 마찰하고 있었다.

'이젠……!'

"……!"

치사토는 더 이상 참지 못하고 코요의 입안에 두 번째 열기를 내뿜고 말았다.

'이, 입에 싸버렸어…….'

죄책감과 수치심. 하지만 그 감정을 훌쩍 뛰어넘는 쾌감에 노곤한 몸을 맡긴 치사토는 무의식중에 코요를 바라보았다.

치사토와 눈이 마주친 코요가 보란 듯이 입안에 분출된 우윳빛 액체를 손바닥에 뱉었다. 그리고 젖은 손을 일말의 망설임도 없이 골짜기 사이로 가져가 봉오리 주름을 적셨다. 뜨거운 것이 순식간에 몸을 헤집고 들어왔다.

"헉!"

치사토의 몸 한가운데를 꿰뚫고 들어오는 열 덩어리. 그것이 남자의 맹수 같은 분신이라는 걸 머리가 늦게 감지했다.

채 끝나지 않은 삽입은 치사토의 몸에 매서운 충격과 아품을 주었지만, 코요는 아랑곳하지 않고 뭉툭한 끝부터 길쭉한 기둥까지 단숨에 푹 밀어 넣었다.

"하아… 하아… 아흑."

"……읏."

받아들이는 치사토의 통증도 상당했지만, 메마른 봉오리를 범하는 코요의 분신도 아픔을 느끼는 것 같았다. 부석부석 쥐어짜듯 조이는 속살은 좁다는 걸 증명하듯 안에 들어온 물건의 형태를 생생하게 가르쳐 주었다.

"괴로우냐, 치사토."

"아… 파……."

"네가 내 말을 듣지 않기 때문이다. 순순히 받아들이고 이 품에 있으면 될 것을 내가 마치 보통 사람인 양 대들더구나."

코요의 말 한마디 한마디가 몸을 진동시키고, 치사토는 그 아픔을 견디려는 듯 눈앞을 가로막은 다부진 어깨에 매달렸다.

"난 이 세계를 통치하는 패자다. 설령 사랑하는 너라도 나를 거역하는 것은 용서치 않아. 아까 같은 짓을 또 저질렀다간 이 아픔과 쾌락을 다시 맛볼 각오를 해야 할 것이다."

만난 지 겨우 며칠 지났을 뿐인데 코요는 이미 치사토의 성격을 제법 정확하게 파악하고 있었다.

치사토는 아픔보다 쾌락을 느끼는 쪽에 흔들리고, 어찌

할 바를 모르고 혼란스러워하면서 점점 깊게 빠져든다는 것을.

"훗, 하악, 웃."

버석거리는 소리가 날 듯 좁고 메말랐던 그곳이 코요의 허리놀림이 반복될 때마다 녹진해져 간다.

'나, 난…… 웃.'

눈을 감아도 상대는 남자라는 걸 알고 있다. 자신의 것과 똑같은 상징이 몸 중심을 드나들고 있는 것이다. 여자를 상대로 한 섹스와는 정반대였다.

그럼에도 불구하고 지금은 처음에 느낀 아픔보다 쾌감이 커지고 있다. 남근이 들어온 순간 얼마 동안은 아팠지만 금세 그것은 달콤한 욱신거림으로 바뀌었다. 인정하기 싫은데 자신의 몸이 코요를 차츰 받아들이고 있었다.

너무 분했지만, 넓은 등에 매달린 손을 뗄 수 없었다. 흔들리는 다리를, 매끈한 허리에 감는 손을 막지 못했다.

포개는 입술을 거부하지 못하는 자신은 이미 코요의 몸을 원하고 있는 걸까.

"하아, 하아"

"치, 사토, 웃."

"아윽, 훗."

"치사토, 윽."

치사토는 입에 들어온 코요의 혀에 제 혀를 뒤얽고 열심히 애무를 되돌려 주었다. 행위 외에 모든 것이 점점 흐릿하게 사라져 갔다.

"하아, 하아, 아흑!"

코요의 허리놀림이 격해지고, 그에 비례하듯 치사토의 쾌감도 급속도로 끓어올랐다. 다시 고개를 쳐든 치사토의 분신은 코요의 탄탄한 복근에 제 몸을 비비다 이내 한계를 호소했다.

그리고,

"……훗."

"하악!"

끝까지 들어와 민감한 부분을 부비며 몸 가장 깊은 곳에 뜨거운 물보라를 쏟아내는 것을 느낀 순간, 치사토도 코요의 배와 제 배 사이에 쾌감의 증거를 토했다.

*　　　*　　　*

몸을 섞은 뒤에 찾아오는 나른하고 음미한 공기가 감돌았다.

코요는 거친 숨을 몰아쉬는 치사토의 몸을 잠시 안고 있었지만, 거듭 탐할 생각은 없었다.

아니, 그렇게 하고 싶은 마음은 굴뚝같은데 피로연에 관한 보고를 받아야 했고, 보고를 하루 늦추면 치사토를 공식적인 처로 만드는 날짜도 하루 밀리게 되는 것이기 때문에, 씁쓸하지만 이 달콤한 육체를 놓을 수밖에 없었다.

아직도 자신을 받아들이지 않는 치사토를 어떻게 하면 다가오게 할 수 있을까. 육체를 손에 넣었는데도 마음이 타는 듯 마르고, 밑에서 바르작대는 흰 팔다리를 보아도 성에 차지 않았다. 그런데도 갈구하는 마음을 주체하지 못해서, 그래서 순수한 치사토에게 강요한 건지 모른다.

몸을 일으켜 치사토 속에 넣은 양물을 추륵 하는 소리와 함께 빼자, 아직 다하지 않은 욕망을 과시하듯 크기도 딱딱함도 그대로였다.

"……."

속에 토해낸 씨가 자신의 양물에 엉켜 치사토의 봉오리와 음란하게 이어진 광경을 보자 욕구가 더 솟아올랐지만, 코요는 애써 외면했다. 그리고 치사토의 팔에 걸린 기모노로 제 것을 가볍게 닦고 간단히 옷을 추스른 다음 치사토 위에 우치기를 덮어주었다.

"게 아무도 없느냐!"

바깥을 향해 사람을 찾자 얼마 안 가서 마츠카제가 모습을 나타냈다.

"부르셨사옵니까. 폐하."

"침구를 정리하거라."

마츠카제의 시선이 순간 코요의 어깨 너머를 향했다. 우치기로 폭 덮여 있지만, 당연히 그곳에 치사토가 있다는 것을 마츠카제는 알고 있었다.

"사람을 불러 모셔갈까요?"

"아니다. 내가 직접 데려가겠다."

"…폐하께서 친히?"

"안긴 뒤의 치사토는 마음이 놓이지 않을 정도로 요염하지. 이런 모습을 다른 사내에게 보일 수 없지 않느냐."

그렇게 말하면서 코요는 능숙하게 치사토를 우치기로 감싸서 들어 올렸다.

마츠카제도 그 광경을 보자마자 일어서서 치사토의 방으로 서둘러 향했다.

＊　　　＊　　　＊

"으……."

현대의 침대처럼 푹신하지 않은 다다미 위에서 치사토는 끙끙거리며 몸을 움직였다.

'세상에 저런 색골은… 없을 거야.'

"차라리 모노이미(物忌)를 사칭해 네 곁에 있어주고 싶으나 천하를 다스리는 자로서 정무를 게을리 할 수는 없다. 불안하겠지만 조금만 참고 기다리거라."

'누가 같이 있어달랬냐고! 당신 머리가 어떻게 된 거 아니야?'

모노이미란 꿈자리가 사납거나 불길한 날에 외출을 삼가는 것을 뜻한다고 했다. 성욕으로 가득 찬 마음으로 모노이미를 칭했다간 반대로 나쁜 일이 일어날지도 모른다는 생각은 안 하는 걸까?

머릿속에서는 갖가지 불만이 넘치는데 역시 입 밖으로 꺼내지는 못했다. 자상하게 돌봐주고 제 편이라고 할 만한 마츠카제도, 결국 코요를 섬기는 사람이라 코요에 대해 험담이라도 하려고 하면 단박에 자르고 나섰다.

"……윽."

뼈 마디마디가 쑤셨다.

다다미 위에서도 그랬지만, 침상 위에서 강제로 섹스를 당하니 몸이 아픈 것이 당연했다. 중간부터 자신도 적극적으로 움직인 상황은 다시 떠올리기도 싫었다.

"지금… 음, 벌써 날이 저물기 시작하네……."

발 너머로 어렴풋이 보이는 풍경이 불그스름하게 물들었다. 코요의 아들과 만난 건 정오를 갓 넘긴 무렵이었다. 그 뒤 섹스로 이어졌고… 아마 언제부턴가는 정신을 잃었던 것 같다. 그것을 하면 그렇게 시간이 낭비되는 것도 싫었다.

"……마츠카제?"

조그맣게 이름을 불러봤는데 방 안에 인기척이 없었다.

"……."

치사토는 몸에 덮여 있는, 이불 대용인 우치기를 끌어당겼다.

지금 자신은 아까 입었던 옷과는 다른 코소데를 입고 있다. 몸도 깨끗하게 닦여 있는 것을 보니 아마 뒤처리는 해준 모양이다.

'당연히 그래야지. 그쪽이 멋대로 한 짓이니까!'

치사토는 코요가 직접 닦는 걸 당연하게 여겼지만, 원래 천황은 품은 상대의 뒤처리를 하지 않는다는 사실은 알지 못했다.

"……."

치사토는 한숨을 크게 내쉬었다.

'어쩌지…….'

아침까지는 코요의 아들과 만난다고 잔뜩 긴장하고 있었는데, 지금은 무엇을 해야 할지 모르겠다. 그러나 이곳에서 자고 있으면 어느새 코요가 와서 낮에 했던 행위를 이어갈까 불안했기에, 일단 마츠카제를 찾으러 나가려고 천천히 몸을 일으켰다.

"으~ 아파……."

누가 봤다면 건전지가 다 떨어져 가는 인형처럼 삐그덕 삐그덕 부자연스럽게 움직인다고 할 게 뻔했다.

'아… 이거 입어야지.'

지금 입고 있는 옷은 속옷 대용으로, 당연히 그 위에 우치기를 겹쳐 있지 않으면 남 앞에 나설 수 없었다. 지금까지 여러 번 입혀진 덕에 입는 법은 자연스레 머릿속에 들어 있지만, 완벽하게 마무리할 자신은 없었다.

이럴 때 셔츠가 있다면 편했을 테지만, 꿈도 못 꿀 일이었기에 한숨이 절로 나왔다.

아무래도 마츠카제를 불러야 하나? 겨우 일어나서 건널 복도에 나가려던 치사토는,

"아."

"……어?"

귀여운 목소리와 함께 화려한 기모노를 입은 소녀를 발견하곤 눈이 휘둥그레졌다.

'누, 누구지?'

치사토가 사는 이 방은 코요의 개인 저택인 광려전에서도 가장 안쪽에 위치한 데다, 치사토가 남의 눈에 띄는 걸 바라지 않는 코요는 출입하는 사람들을 엄격하게 제한하고 있었다.

치사토의 기모노를 입히고 식사 시중을 드는 궁녀들도 코요와 마츠카제가 엄선해서 뽑았는데, 대부분이 치사토보다 연상인 이십대 여인들로 자식을 둔 엄마였다.

치사토가 손대는 것은 물론이고, 여자 쪽에서도 치사토를 유혹하지 않을 만한 사람들로 완벽하게 고른 것이다.

"그, 그게……."

하지만 눈앞의 소녀는 아무리 봐도 치사토보다 어리고, 입고 있는 기모노도 제법 고급스러워 보였다. 아마 높은 집 아가씨일 것이다.

처음 본 사람에게 무슨 말을 해야 할지 몰라 난감해하고 있는데 상대방도 마찬가지였는지, 아니, 치사토보다 더 당황한 모습이었다.

"송구하옵니다. 이런 깊은 곳까지 발을 들일 생각은 아니었는데 도중에 길을 잃어버려서… 흑."

소녀는 울먹이는 목소리로 사과하더니 별안간 제자리에 넙죽 엎드렸다. 기껏해야 중학생쯤으로 보이는 소녀에게 그런 일을 당한 치사토가 화들짝 놀라며 시선을 맞추듯 급하게 무릎을 꿇었다.

"아, 아. 응, 여긴 넓고 복도가 복잡하게 얽혀 있거든. 그러니까 고개 들어. 잘못은 아니잖아."

속으로 울지 말라고 빌고 있는데 얼굴을 살짝 든 소녀가 치사토를 잠시 바라보더니 조심스럽게 입을 열었다.

"저, 저기……."

"왜?"

"혹시… 치사토님이신가요?"

"응, 맞아. 어? 오빠… 아니, 내, 내 이름 알아?"

치사토는 진짜 성을 모르는 사람에게 성별을 들키지 않는 쪽이 좋을 것 같아서 서둘러 호칭을 바꿨지만, 눈앞의 소녀는 그런 치사토의 말투 따윈 귀에 들어오지 않을 만큼 당황한 모양이었다.

"저, 저는 내일부터 경상전(慶尙殿)에 입궁하는 오오카(櫻花)라고 하옵니다. 부디 무례를 용서해 주시옵소서……. 흑."

영문 모를 말을 늘어놓고 사죄하는 소녀에게 어떻게 반응해야 하나. 다만 소녀가 자신의 이름을 알고 있다는 데 놀랐다.

"어? 저, 저기 말이야."

'방을 들여다본 게 화낼 일도 아니고, 그렇게 겁에 실려 사과할 것까지야……'

예를 들어 치사토가 여자인데 눈앞의 소녀가 남자였다거나 열쇠를 잠근 방에 억지로 들어왔다거나 했다면 울컥했겠지만, 애초에 방이라 해봐야 발과 칸막이, 기껏해야 장지문 비슷한 것으로 나눠 놓은 게 전부라서 안을 엿본대도 어쩔 수 없는 일이었다.

"고개 들어보래도."

이렇게 귀여운 여자애가 머리를 조아리고 있으니 마음이 불편했다.

이제 그만하라고 몇 번이고 말려도 소녀가 고개를 들지 않는 통에 어떻게 해야 좋을지 오히려 치사토 쪽이 난처해진 찰나,

"치사토님?"

"앗, 마츠카제!"

든든한 아군의 목소리에 치사토는 기뻐하며 그녀를 반겼다.

* * *

"치사토를 부탁하마."

조금 전 코요가 마츠카제가 대기하고 있던 방까지 찾아 와 그렇게 명령하고 떠났다.

　그렇게나 눈이 높던 천황이 어쩌다가 치사토를 억지로 쓰러뜨리는 신세가 됐는지 모르지만, 마츠카제에게 코요의 명은 절대적이었고, 코요가 치사토를 안는 이유도 넘쳐나는 애정 때문이라는 걸 잘 알고 있었다.

　"고개 들어보래도."

　몸을 닦을 뜨거운 물과 수건을 준비해 방에 돌아온 마츠카제는, 쩔쩔매는 치사토의 목소리를 듣고 대체 누구와 함께 있는지 의아해했다.

　'폐하께옵선 이미 광려전을 나가셨을 텐데.'

　이런 깊은 곳까지 올 수 있는 사람은 그에 걸맞게 신분이 높은 사람이거나 아니면 엄중한 신변 조사를 마친 하인뿐이다. 그러나 듣기로는 하인을 대하는 것 같지 않았다.

　"치사토님?"

　"앗, 마츠카제!"

　안에 들어가자 방 밖으로 나와 바닥에 무릎을 꿇고 있는 치사토가 먼저 눈에 띄었다. 맨몸위에 달랑 홑옷 한 겹만 걸친 모습을 코요가 봤다면 분명 인상을 찌푸렸을 것이다.

　하지만 곧이어 시야에 들어온 소녀의 옆얼굴을 보고 마츠카제는 놀라서 큰소리를 내고 말았다.

　"오오카님."

　"어?"

"……윽."

마츠카제는 치시토와 소녀의 얼굴을 번갈아보면서, 어리둥절해하는 치사토에게 요점만 짧게 설명했다.

"치사토님, 이분은 좌대신(左大臣) 사이죠 토키시게(西條時重)님의 둘째 따님이시고, 이번에 동궁마마… 카즈아키님의 여어로 입궐하셨사옵니다."

"사이죠라면…… 키요시게 씨의 여동생?"

마츠카제는 키요시게의 이름을 함부로 입에 올리는 치사토를 보며 눈살을 찌푸렸다. 이곳에 코요 천황이 없어서 정말 다행이다. 만약 함께 있었다면 치사토는 며칠 몸져누울 정도로 격렬한 총애를 받게 될 것이다.

"장자이신 키요시게님과는 모친이 다릅니다."

"……뭐, 잠깐만. 그러니까, 동궁이라면 천황의 장남이니까, 아까 만난 애 맞지? 그런데 그 애는 여덟 살이라던데……."

그 어조가 어딘지 당황한 듯 들렸지만, 마츠카제는 지금 치사토가 무엇을 이상하게 여기는지 알지 못했다.

"오오카님은 열세 살이시옵니다. 나이도 적당하시고……."

"빠, 빠르지 않아?"

"남자는 열셋에 성인식을 치르옵니다. 오 년 뒤에는 오오카님도 열여덟, 바로 아기씨를 생산하실 수 있사옵니다."

장래 천황으로 결정된 카즈아키의 비는 엄정한 심사를

거쳐 결정되었다. 오오카 외에도 몇몇 후보가 물망에 올랐지만 아직 어린 비들의 입궐은 나중으로 미뤄졌다.

카즈아키가 성인식을 치르고 나서 정식으로 가례를 올리겠지만, 그사이 오오카는 모든 부정을 멀리하기 위해 이 궁에서 살게 된 것이다.

'사이죠님은 자신의 가문에서 폐하의 비가 간택되지 않은 걸 여태 분통하게 여기시는 것 같구나. 그래서 적어도 다음 시대를 짊어질 카즈아키님의 비 자리를 노리고 있는 걸지도 모른다.'

물론 지금 입궐했다고 해서 카즈아키가 성인이 되었을 때 오오카가 비가 되리라는 보장은 없다. 지금 시점에서는 그 가능성이 가장 높을 뿐, 더 신분이 높은 여인 혹은 용모가 뛰어난 여인이 나타나면 그쪽이 우선적으로 간택되는 일도 당연히 있다.

그렇게 되면 이 시대의 천황, 코요의 여어가 될 수도 있지만…… 그 사실을 미리 치사토에게 가르쳐 줄 필요는 없을 것 같았다.

더 깊게 생각해 보면 오오카가 사이죠의 친딸인지 아닌지도 확실치 않고, 의심하자면 끝이 없지만, 어쨌든 사이죠의 입김이 작용한 건 분명했다.

마츠카제는 미간에 주름을 잡고 있는 치사토에게 씁쓸하게 웃어 보인 뒤 표정을 바꿔 오오카를 마주보았다.

"오오카님, 어인 일로 이곳에 오셨습니까? 이곳은 폐하의 정비이신 황후님이 머물고 계시는 북쪽의 방이라는 걸 듣지 못하셨습니까?"

"죄, 죄송합니다. 저택이 훌륭한지라 잠시만 돌아보려 했는데 길을 잃어서……."

시녀를 대동하지 않고 몰래 방을 빠져나오다니 꼭 치사 토 같았다.

'이야기에 거짓은 없는 것 같은데…….'

이유야 어찌 되었든 아직 입궐 전인 자가 가장 깊은 곳까 지 허락 없이 들어온 셈이다. 코요 천황의 귀에 들어갔다간 오오카는 물론이요, 곁에서 시중드는 궁녀들까지 호되게 문책 당할 것이 불 보듯 훤했다.

아직 어린 오오카를 본 마츠카제가 치사토 쪽을 돌아보 고 고개를 숙였다.

"치사토님, 이번 일은 부디 폐하께 비밀로 해주시겠사옵 니까?"

갑자기 부복하는 마츠카제에게 치사토가 당황해서 달려 왔다.

"머리 숙이지 않아도 돼. 오… 나는 전혀 신경 안 써."

"치사토님."

"오히려 이상한 꼴을 보여서 미안해."

대충 앞섶만 여민 치사토를 보고, 마츠카제는 아무렇지 도 않게 치사토 앞에 서서 재빨리 옷을 입혔다. 본래는 이 런 차림새를 코요 천황 외의 다른 사람에게 보여서는 안 되지만… 이번에는 불가항력이었다.

치사토의 옷이 흐트러져 있음을 비로소 알아차린 오오카가 황급히 시선을 내리깔았기 때문에, 그렇지 않아도 혼란스러울 그녀에게 가녀린 몸이나 부드럽고 풍만한 굴곡이 없는 치사토가 남자라는 것을 들키지는 않았다. 그것에 마츠카제는 내심 크게 안도했다.

"그, 그게, 전……."

어리다고는 해도 입궐할 때 남녀 행위에 관한 지식은 배웠을 것이다. 자유분방한 치사토의 분위기를 목격한 오오카는 아니나 다를까 어떻게 해야 할지 갈피를 못 잡는 것 같았다.

"이, 이만 물러나겠습……."

꺼져 가는 목소리로 고하는 오오카를 치사토가 다급하게 불러 세웠다.

"기다려. 돌아가는 길도 모르잖아. 바래다줄게."

"아닙니다. 당치도 않은 말씀이십니다."

"사양하지 말고. 오빠도 아직 저택 안을 잘 모르기도 하고, 이곳저곳 둘러보는 것도 재미있잖아."

사양하는 오오카에게 신경 쓰지 말라고 배려하는 치사토의 마음씨는 훌륭했지만, 말버릇은 역시 조심해야 했다.

"치사토님, 말씀."

"어?"

"주의하십시오."

"아, 미, 미안."

치사토가 원하는 본모습으로 지내지 못하는 탓에, 툭하면 방심하여 여인이라는 사실을 잊어버리곤 했다. 하지만 아무리 코요 천황의 사저 안이라고 해도 치사토에게 적의를 품은 자가 언제 이 말투를 들을지 모를 일이었다.

가뜩이나 가문 문제로 출신을 의심받는 치사토는 제아무리 사소한 일일지라도 황후에 적당하지 않다며 트집 잡힐 가능성이 있었다.

그렇게 생각하고 오오카를 보니 다소 겁먹은 듯 보였지만, 입궐할 각오를 한 까닭인지 용모는 앳돼도 풍기는 분위기는 어른스러웠다.

'치사토님이 저만큼만 차분하시면 얼마나 좋을꼬.'

하지만 지금의 치사토이기 때문에 그 까다로운 코요가 놀라우리만치 짧은 시간에 마음을 빼앗긴 건지도 몰랐다.

마츠카제는 첩첩산중이라고 생각하면서 치사토의 옷을 다 입혔다.

"결혼이라……. 믿기 힘든걸. 이렇게 어린데 말이야."

어이가 없다는 듯 중얼거리던 치사토가 문득 미간을 찡그리며 입을 다물었다.

"치사토님?"

걱정스러운 눈빛으로 이름을 부르는 마츠카제에게 아무것도 아니라는 듯 고개를 저은 치사토가 오오카를 돌아보고 활짝 웃었다.

"오오카, 경상전이라는 곳까지 바래다줄게. 가자."

마츠카제는 그 이상 캐묻지 못했다.

이야기를 듣던 중에 코요가 몇 명의 애인—이 시대에서는 여어라는 호칭이 일반적인 것 같지만—을 거느리고 있다는 사실을 알았다. 하지만 열세 살이라는 어린 오오카에게 손댈 가능성은 생각하기 싫었다.

'황자를 대신해서라니……. 서, 설마 이렇게 어린 여자애를 건드리진 않겠지.'

그것이 내내 머릿속에 남아 있던 치사토는 그날 저녁 식사에서 코요를 피하는 선택을 하지 않았다. 무슨 일이 있어도 직접 확인하고 싶었기 때문이다.

저녁 식사 자리에 치사토가 나타났을 때, 코요는 아니나 다를까 다소 놀란 눈치였다. 그날 오후에 강제로 바닥에 쓰러뜨린 탓에 분명 치사토가 자신과 함께 식사를 하지 않으리라고 예상하고 있었을지 모른다.

'나야말로 같이 먹기 싫다고……!'

그런 시간에 그런 장소에서 그런 짓을 당했다.

맹세코 호색한도 아니고 노출에 취미도 없는 치사토는 평소 성격 같았으면 그런 짓을 저지른 장본인과 이삼 일은 고사하고 반영구적으로 말도 섞기 싫고 얼굴도 보기 싫었을 터였다. 다만 치사토가 끝까지 거부하고 따져도 이 남자는 제 뜻을 기어이 관철시키기 때문에 혼자만 화내는 것이 바보 같아져서 포기의 경지에 이를 때가 잦아졌을 뿐이었다.

그냥 지금은 코요의 얼굴에 놀란 기색이 역력한 것에 기분이 좋아져서 저절로 뺨에 미소를 지은 채 자신의 자리에 앉았다.

"잘 먹겠습니다."

합장한 치사토가 젓가락을 들었다.

처음에는 낯설었던 진밥도 지금은 그럭저럭 먹을 만했고, 생선이나 초무침은 현대에서도 자주 먹는 음식이라 다행이었다. 생선도 고기도 있고, 맛은 다소 불만족스러웠지만, 소식을 하는 치사토에게는 충분한 양이었다.

'화과자는 제법 맛있는데 말이야.'

가끔 치즈버거나 치킨에 포도 맛 환타만 먹을 수 있다면 불만이 없겠는데 이곳에서 그런 걸 바라기는…… 까지 생각하다가 허무해서 그만뒀다.

"……."

"……."

넓은 방 안에서 식사를 하고 있는 사람은 치사토와 코요 둘뿐이었다. 치사토와 코요의 시중을 드는 궁녀들도 코요의 명으로 자리를 비켰다. 다만 시야 끝에 비치는 건널복도에는 호위 무사가 몇 명 지키고 서 있었다.

친구가 아니기 때문에 즐겁게 이야기를 나누는 식사 풍경은 아니었고, 코요는 식사라기보다 자주 술을 마셨다.

엄청나게 마시는데 취하는 것 같진 않아서 술이 상당히 세 보였지만, 지금의 치사토에게는 건강에 나쁘니 술을 줄이라고 잔소리할 만큼 남자의 건강을 걱정하는 마음은 없었다. 하지만 오늘은 할 말이 있기 때문에 취기를 보이기 전에 행동에 나서기로 했다.

"저기, 아키마사."

갑자기 이름을 부른 치사토에게 코요가 눈길을 보냈다. 아니, 다분히 처음부터 이쪽을 보고 있었던 것 같다.

자신을 향한 시선이 마음이 흔들릴 만큼 달콤했기 때문에 평소 심하게 대했다는 죄책감을 들게 만들었다. 하지만 그것은 어디까지나 제멋대로인 남자에 대한 정당한 의사표시라고 제 자신에게 변명하면서 치사토는 젓가락을 놓고 이야기를 꺼내기 시작했다.

"저녁에 오오카라는 애를 만났는데 누군지 알아?"

"그래. 좌대신의 둘째 여식이란다."

놀라지 않는 걸 보니 보고를 받은 것 같았다. 그렇다면 이야기가 쉬워진다.

"그 애는 경상전이라는 데서 산다고 하던데?"

"네가 그 처녀를 경상전까지 데려갔다지? 궁 안이 지금 너희 두 사람 소문으로 떠들썩하다."

농담처럼 말하지만, 눈이 웃지 않는다. 아무래도 그 일이 불만인 모양인데, 멋대로 광려전을 나간 것이 잘못이라 해도 치사토는 그 당시 오오카를 다른 사람에게 맡길 수 없었다. 성인이라고 하기에는 아직 미성숙한 자신보다, 그 정도로 오오카가 어리게 보였던 것이다.

"성숙한 여인이라면 네게 잠자리를 지도할지도 모르나 그런 어린애는 너를 이끌지 못한다. …나처럼 말이다."

"……저질."

말 한마디 한마디가 밉상이다. 치사토는 볼을 한껏 부풀려서 화가 났다는 표시를 했지만, 코요는 아랑곳하지 않고 다음 말을 재촉했다.

"그런데 그 아이가 어쨌단 말이냐?"

또 분노의 창끝이 꺾였다. 치사토는 아까부터 하고 싶었던 말들을 작심하고 쏟아냈다.

"이상하지 않아?"

"무엇이?"

"그 애는 겨우 열세 살이래. 그런 어린애를 부모에게서 떼어놓고 카즈아키의 부인으로 삼는다니, 너무 빠르잖아!"

"무엇이 이르단 말이냐? 열셋이면 입궐하기에 딱 좋은 나이다. 좌대신의 둘째 여식이라면 카즈아키와 신분도 잘 맞는 부부가 될 것이거늘."

"열세 살이면 아직 어린애야! 카즈아키도 이제 겨우 여덟 살이고!"

"오 년 뒤에는 그 녀석도 성인식을 치른다. 장래 천황의 비가 될 여인은 지금부터 순결하게 생활해야 하기 때문이다."

지금 시대에 여자가 열세 살에 시집가는 건 이른 편이 아니었다. 신분이 높은 가문의 규수 들은 고귀한 신분의 남자에게 이른 나이에 시집을 간다. 하지만 결혼이 결정된 후에도 친정에서 지내게 하면 낯선 사내가 처문을 행할 가능성이 있었다. 장래 천황의 처가 될 여인은 숫처녀여야 했다.

"그것은 좌대신의 강력한 요청이기도 했다. 치사토, 그아이는 네가 생각하는 것만큼 힘들지 않을 게야."

타이르는 듯한 말투에 치사토는 입술을 깨물었다.

코요가 하고 싶은 말이 무엇인지는 알겠다. 애초에 이 시대에서는 치사토가 지금까지 살아온 세계의 상식이 전혀통하지 않아서 그것을 적용하려는 쪽이 잘못이라는 것도.

'나도 안다고!'

하지만 저토록 어린 여자애의 미래가 다른 사람에 의해결정된다는 것이 못내 안타까웠다.

"동궁마마의 여어로 선택되어 아버님도 어머님도 기뻐하고 계십니다."

오후에 미아인 그 소녀를 경상전까지 바래다줬을 때, 오오카는 앳된 표정으로 수줍은 듯 살며시 웃었다. 그 표정이너무 어려서 치사토는 이런 어린아이를 며느리로 정한 코요에게 한소리 해야겠다고 마음먹었지만, 이 세계의 상식으로 설득 당하자 더는 할 말이 없었다.

지금껏 오오카 편만 들었는데 생각해 보니 카즈아키도

불쌍했다. 겨우 여덟 살인데 벌써 결혼 상대가 정해져서 앞으로 자유로운 연애는…….

'……어라?'

그러고 보니 헤이안 시대는 현대보다 연애가 자유로웠다고 배운 기억이 났다. 남자는 아내나 애인을 여럿 만들었고 여자도 설사 유부녀라도 다양한 연애를 했다던데…….

"……걱정한 것뿐이야. 그럼 안 돼?"

"치사토?"

카즈아키와 오오카의 나이를 고려해서 이치에 맞지 않다고 여겼지만, 장래에는 치사토가 걱정하는 것보다 자유로울지도 모른다.

"치사토."

"…….'"

"치사토."

어쩐지 자신만 헛돌고 있는 것 같아서 몹시 창피해진 치사토는 연달아 이름을 부르는 코요를 간신히 쳐다보았다.

"왜?"

"내일은 밖에 나갈 것이다."

"다녀와."

'한동안 돌아오지 마~'

자신은 이 저택 안에 가둬놓고 혼자만 나간다고 속상해하고 있는데,

"너도 동행할 테냐?"

"뭐?"

치사토는 갑작스러운 제안에 무심코 환호성을 질렀다.

절대로 이곳에서 나가지 못할 것이라고 굳게 믿고 있었기 때문에 코요 쪽에서 먼저 그런 이야기를 꺼내리라고는 꿈에도 생각지 못했던 것이다.

"그래도 돼?"

"내가 다스리는 이 나라에 관해 알려주고 싶구나. 피로연이 끝날 때까지 긴 여행은 힘들겠지만, 당일로 다녀올 수 있는 곳은 데려가 주마."

"그럼, 그러면 이곳에서 꽤 멀리 간다는 거네?"

교통수단에 따라 다르겠지만, 당일로 다녀올 수 있는 곳이라면 생각보다 멀리 갈 수 있을 것 같았다. 숨이 막힐 뻔했다가 숨통이 트이는 기분이었다.

"내일은 네게 진상된 망아지를 보러 가볼까 생각 중이다. 이른 아침에 출발할 텐데 일어날 수 있겠느냐?"

"물론이지! 당신이 이상한 짓만 안 하면 일찍 자고 일찍 일어날 수 있다고!"

계산적일 수도 있지만, 치사토의 정신은 온통 내일에 쏠렸다. 오오카나 카즈아키를 걱정하는 마음은 한구석에 남아 있지만, 생각해 보니 지금은 남 걱정할 때가 아니었다.

치사토는 생각한 바를 그저 입 밖에 꺼낸 것이었는데 코요는 치사토의 말에 한쪽 눈썹을 치켜 올리며 반론을 표했다. 그러나 사실은 사실이기 때문에 철회할 마음은 없었다.

코요도 심하게 나무랄 생각은 아니었던 듯 바로 대기하고 있던 마즈카제를 불러 내일 외출하겠다는 뜻을 전했다.

"하면 마츠카제, 내일 치사토의 외출 준비를 부탁하마."

"네."

"아, 그러면 나도 말 타는 거야? 탈 수 있을까, 처음 타는 건데."

운동신경이 좋은 편이 아니라서 어쩌면 말에서 떨어질 수도 있다. 자전거라면 좋겠는데……. 나중에는 걸어갈 수밖에 없겠구나.

하지만 그런 치사토의 걱정은 코요의 다음 말에 다른 쪽으로 옮겨갔다.

"염려 말거라. 네가 탈 가마를 준비하겠다."

"뭐? 이, 이봐, 가마라니, 혹시 오미코시(お御輿し)?"

텔레비전에 자주 나오는 크고 화려한 가마인 오미코시에 탄 자신의 모습이 뇌리를 스치고 지나갔다.

'그런 걸 어떻게 타!'

"오미코시라는 게 어떻게 생겼는지는 모르겠으나 우차(牛車)에 타보지 않았느냐. 그것과 방식이 비슷하다. 가마는 나와 내 처만 탈 수 있는 것이지. 안심하거라. 흔들림이 전혀 느껴지지 않을 정도로… 아, 가마꾼은 아무래도 열 명쯤……."

"스톱!"

"스톱?"

치사토가 갑자기 소리를 지르는 통에 코요가 말을 멈췄

다. 코요는 처음 들어보는 말에 희한해하는 표정을 지었지만, 지금은 신경 쓸 때가 아니었다. 훈도시(일본의 성인 남성이 입는 전통 속옷. 마츠리 같은 축제에서 오미코시를 메는 남성들이 입는다)는 절대 두를 만한 것이 못 된다. 억지스러운 면이 있었지만, 치사토의 머릿속에서는 이미 오미코시라면 당연한 것처럼 박혀 있었다.

"내가 이동하는 데 그렇게 많이 부르지 마! 말로 충분해! 말로!"

"무슨 소리를 하느냐. 네 모습을 다른 사람에게 보여줄 것 같으냐. 그럴 수는 없지. 게다가 낙마라도 해서 다치면 어쩌려고."

"그러니까."

"네 억지는 듣지 않겠다. 나와 궁 밖에 나가고 싶으면 내 말 듣거라."

"뭐~라고!"

치사토가 무슨 말을 해도 코요의 뜻은 달라지지 않았다. 분하지만 밖에 나갈 기회를 놓치기 싫은 마음이 더 커서 결국 받아들인 치사토는, 만족스럽게 웃으면서 술을 마시는 코요가 원망스러운지 가만히 노려보았다.

*　　　*　　　*

"어떻게 생각해? 아키마사의 주장은 횡포라고 생각하

는데!"

"치사토님, 폐하의 어심을 헤아려 주십시오. 사랑하는 이의 모습을 많은 사람에게 보이고 싶지 않는 것이 솔직한 심정이실 것입니다."

"하지만 난 남자라고!"

오늘은 도저히 함께 쉬기 싫은 치사토의 마음을 알아챈 건지, 아니면 급한 용무가 생긴 건지, 코요는 치사토가 잘 시간까지도 모습을 드러내지 않았다.

생각해 보니 이 방은 열쇠가 없어서 치사토가 잠든 뒤에도 손쉽게 들어올 수 있었다. 그렇게 생각하자 괜스레 자기가 두려워졌다.

치사토는 잠옷 대신 입은 히토에기누(單依, 안감이 달리지 않은 홑옷) 차림으로, 이때다 싶어 마츠카제를 상대로 쌓여 있던 불만을 터뜨렸다.

"남자가 남에게 얼굴을 보이는 게 뭐 그리 대수라고!"

"아무리 그래도 치사토님은 황후 지위에 오른 분이시옵니다."

"이해가 안 가!"

마츠카제가 한숨을 쉬었다. 마치 아이의 고집에 질려 하는 듯한 모습에 치사토는 곧이어 터뜨리려던 불만을 참았다.

"…아무튼 내일은 가마 따윈 타지 않을 거야."

"하오면 외출은 취소하시는 것이옵니까?"

"갈 거야!"

"……."

"마츠카제~"

밖에 나가고 싶었다.

그렇지만 여자처럼 다른 사람의 도움을 받는 건 절대 싫었다.

상반된 생각을 스스로 다 소화하지 못하고, 치사토는 결국 마츠카제에게 애걸복걸 매달릴 수밖에 없었다. 그리고 마츠카제는 그런 치사토의 기대에 부응해 주는 든든한 존재였다.

"잠시 폐하께 다녀오겠사옵니다. 치사토님이 바라시는 바에 답을 얻을지 확답할 수는 없사옵니다만."

"괜찮아. 부탁해."

고개를 꾸벅 숙이자 마츠카제는 천천히 일어섰다.

"밤이 깊었사옵니다. 어서 주무시지요."

"네~!"

천황인 코요 앞에서도 제 의견을 똑 부러지게 말하는 마츠카제다. 분명 해결해 주리라고 믿은 치사토는 내일을 위해 서둘러 자리에 누웠다.

*　　　*　　　*

"폐하."

식사를 마친 뒤에도 혼자서 건널복도에 앉아 달을 보며 술잔을 기울이는 코요 천황은 자신을 부르는 소리에 곁눈질로 흘끗 쳐다보았다.

　난처한 빛이 어린 마츠카제의 표정을 보니 무엇을 위해 이곳에 왔는지 금세 짐작이 갔다.

　"치사토는?"

　"이미 잠자리에 드셨사옵니다. ……폐하."

　"내일 일이라면 듣지 않겠다. 치사토와 함께 나갈 것이니 가마를 사용해야지."

　새삼 말할 것도 없이, 고귀한 신분의 여인이 저택 밖에 나갈 때는 우차처럼 절대로 얼굴이 보이지 않는 것에 타는 게 관례였다.

　황후인 치사토가 우차보다 더 격이 높은 가마를 타는 것은 지극히 당연한 일이었고, 바깥에 데려감으로써 기뻐하는 얼굴을 볼 수 있을 것이라고 생각했을 뿐이었다. 설마 이런 사소한 문제로 화를 내리라고는 생각지도 못했다.

　'적어도 피로연이 끝날 때까지는 치사토의 얼굴을 다른 자에게 보이고 싶지 않다.'

　"치사토님은 방 밖으로 모습을 보이시지 않는다는데 병약한 분 같지는 않았어."

　"맞아. 무척 건강해 보이는 모습인데, 다만……."

　"어딘가 황후라는 느낌은 들지 않았어."

광려전 안에서 일하는 하인들의 대화를 듣고, 그들이 치사토에게 호기심과 함께 강한 흥미를 가지고 있음을 짐작할 수 있었다.

좌대신 사이죠 토키시게의 적장자 키요시게의 일도 있다.

평범한 여자들과 다른 치사토를 도와주는 자가 또 나오게 될지도 모를 일이었다. 그렇게 되기 전에 치사토가 황후라는 사실을 세상에 똑똑히 알려야 했다.

그런 연유로 열리는 피로연. 역시 하루라도 빨리 치르지 않으면…….

"폐하의 성심은 충분히 이해하옵니다. 하오나 치사토님의 마음도 헤아려 주시옵소서."

마츠카제는 그런 코요 천황의 마음도 이해하겠지만… 다분히 치사토의 편을 들어주고 싶은 것 같았다. 치사토의 신변을 지켜준다는 데에 있어서는 걱정이 없었지만, 조금은 다루기 어려워졌다.

"지금은 여인의 모습을 하고 계시지만 치사토님은 본래 자유롭게 활동하고 싶은 남자이십니다. 이것도 안 되고 저것도 안 된다고 제한이 많아질수록 마음이 지치지 않겠사옵니까. 그 탓에 폐하를 연모하는 마음이 싹트지 않으니 본말이 전도된 듯싶사옵니다."

"……."

코요 천황은 눈살을 찌푸렸다. 마츠카제가 하는 말에 조목조목 반박힐 말이 떠오르지 않았다.

'나는 어찌해야 좋단 말이냐.'

자신의 마음과 치사토의 마음이 하나가 될 좋은 방도가 있을까?

"폐하, 소인에게 한 가지 묘안이 있사옵니다."

"……말하라."

내일 아침 치사토의 뾰로통한 얼굴을 보지 않으려면 어찌해야 좋을지 코요는 마츠카제의 이야기에 귀를 기울였다.

*   *   *

"아키마사! 어때? 어울려?"

"…영락없는 사동(使童)이로군."

"난 줄 모르겠지?"

"당최 내 처인 것 같지 않아."

코요는 못 말린다는 듯 중얼거렸다.

다음 날 아침, 어제의 결론 없는 말다툼을 기억하고 있는 듯 치사토는 아침부터 언짢아 보였지만, 엊저녁 마츠카제가 제안하고 코요도 승낙한 방법을 일러주자 환호성을 지르며 기뻐했다.

'마츠카제의 방법이 옳다는 것인가…….'

"사동 복장을 입히심이 어떠하올는지요?"

마츠카제의 제안을 처음 들었을 때는 놀랐다.

황후인 치사토를 귀족 저택에서 허드렛일을 하는 어린 하인으로 꾸미라니 이해가 가지 않는 구석도 있었다.

하지만 치사토는 본디 소년이고 머리 길이도 짧다. 몸시중을 드는 궁녀 몇몇은 얼굴을 알고 있지만, 대부분은 이름조차 모르는 터라 하인으로 가장해도 정체를 들킬 염려가 없었다.

"그래도 그렇지……."

늘 아름다운 히토에를 겹쳐 입고 윤기 흐르는 긴 머리칼을 늘어뜨린 자태와는 사뭇 다른, 스이칸(水干, 남자 아이가 입는 나들이옷)과 코바카마(小袴, 활동하기 편하게 무릎 길이로 만든 바지) 차림의 치사토는 누가 봐도 소년이었다.

"아키마사의 말에 타는 거지?"

"그렇다. 말에 타는 것은 허락하지만, 혼자서는 도저히 무리겠지. 내 앞에 태울 것인데 괜찮겠지?"

"알았어."

처음에는 코요 역시 가마를 타고 나가려 했으나, 사동 신분을 가장한 지금은 말에 타고 싶다고 조르는 치사토의 희망을 이뤄줄 수 있었다. 호위 무사들은 고생스럽겠지만, 그것을 굳이 치사토에게 말할 필요는 없었다.

함박웃음을 지어 보이는 치사토에게 코요도 미소로 대꾸했다.

"얼른 출발하지 않으면 해가 중천에 뜰 거야!"

들떠 있는 치사토가 빨리빨리, 하고 재촉하며 코요의 손을 잡아끌고 마구간으로 향했다. 치사토가 제 쪽에서 먼저 코요를 만진 것이 잠자리 말고는 처음 있는 일이라서 감개무량했다. 쑥스러웠지만 치사토에게 내색하고 싶지는 않았다.

"치사토, 천천히 가도 된다. 망아지는 어디 가지 않아."

"그래도 서둘러야 해!"

점심으로 주먹밥을 싸주었다며 치사토는 천진하게 한손에 든 대바구니를 들어 보였다.

"……."

'천황인 내가 수먹밥이라니…….'

근처에 있는 저택을 빌려 잠시 쉬었다 갈 계획이었시민, 이 기세라면 곧장 야외까지 나가고도 남았다.

"치사토, 그건……."

"재미있겠다~"

코요는 난감하다 싶으면서도 자신에게도 새로운 경험이 될 듯한 예감이 들어서 오랜만에 아이처럼 기대에 부풀었다.

당장에라도 펄쩍펄쩍 뛸 기세인 치사토의 손에 이끌려 도착한 마구간 앞에는 사내 셋이 덩치 큰 흑마의 고삐를 쥐고 있었다.

"크다……."

"치사토는 말을 처음 보느냐?"

"화, 화난 건가?"

매서운 눈이 치사토를 똑바로 응시하고 있었다. 코요의 전용 말은 체구도 털 결도 천하일품으로, 짐승이라고 보기 어려울 정도로 영리한 까닭에 낯선 자가 다가가면 발길질을 하기로 유명했다.

코요는 애마가 치사토를 어떻게 대할지 한 사람과 한 마리를 흥미진진하게 지켜보았는데, 그럭저럭 첫인상은 나쁘지 않았던 모양이다. 코요는 치사토가 인정받았다 싶어서 흐뭇하게 웃으며 말의 콧잔등을 쓰다듬어 주었다.

"성미가 거친 면이 있기는 하나 내게는 순종적인 말이다. 이름은 쇼호(翔鳳)라고 한다. 자, 만져 보거라."

코요가 치사토의 손을 잡아 쇼호의 몸에 대려고 했지만, 치사토는 쇼호가 조금 전에 자기를 노려봤다고 오해했는지 팔에 힘을 주고 움직이지 않았다.

"역시 가마를 준비시킬까?"

이 상태로는 외출하기 어려울 듯해 제안하자 치사토는 입을 꾹 다문 채 제 몸을 내려다보고 있었다. 무엇을 위해 자신이 이런 복장을 입고 있는지 생각하고 있는 것 같았다.

"……"

'그래, 어찌할 것이냐.'

일부러 아무 말 하지 않고 지켜보고 있으니 치사토는 주먹을 굳게 쥔 뒤 조심조심 쇼호의 얼굴로 손을 뻗었다. 예민한 쇼호에게 함부로 손을 댔다간 물릴지도 모를 일이었다. 재빨리 치사토의 손을 잡으려고 했는데—

이럴 수가, 쇼호는 얌전히 치사토의 손길을 받아들였다.

"…보들보들해."

천황 전용의 말답게 빈틈없이 손질을 마친 상태였다. 치사토의 솔직한 말에서 두려움이 옅어진 기색을 느끼고 코요는 치사토의 허리를 잡았다.

"우앗?"

사동 차림 덕분에 치사토의 몸이 놀라우리만치 가벼워져서 쇼호의 등에 수월하게 치사토를 태울 수 있었다. 코요는 자신도 그 뒤에 올라탔다.

"우와… 높다."

"다녀오겠다."

코요가 줄지어 선 신하들을 돌아보았다.

"부디 조심하십시오."

마츠카제 외에 몇몇 사람의 배웅 인사를 들으며, 코요는 치사토의 머리 위에 얇은 홑옷을 씌우고 늠름하게 말의 배를 찼다.

"다녀올~게!"

활기찬 목소리가 광려전 정원에 울려 퍼졌다.

말은 경쾌한 걸음걸이로 길을 나섰다.

"타보니 어떠냐?"

"편해! 시야도 높고 기분 좋아."

웃으며 대답한 치사토는 말 그대로 신기한 구경거리라도 발견했는지 주위 풍경을 둘러보고 있었다.

아직 궁 안이라서 백성의 모습은 보이지 않았지만, 치사토에게는 충분히 재미있는 광경일 것이다.

'거리에 나가면 더 놀라겠지.'

자신의 지배하에서 이 나라가 번영을 누리고 있다는 사실을 치사토가 알게 된 것이 기뻤다. 그로 인하여 치사토가 자기를 보는 눈이 달라지기를 바랐다.

"거리는 어떤 느낌이야?"

"내 슬하에 있으니 말이다, 제법 번화하지."

"그렇구나. 기대돼~"

"그렇게 촐랑대다가 말에서 떨어지지나 말거라."

"그럴 만큼 어린애는 아니거든!"

분한 듯 톡 쏘아붙이기는 하지만, 치사토는 느슨한 입꼬리를 주체하지 못하는 것 같았다. 그런 표정이야말로 어리다는 증거라는 걸 본인만 모르는 것이 우스웠다.

사내로서는 벌써 성인이고 당당히 출세할 나이이거늘 치사토는 어쩐지 아들인 카즈아키보다 더 어리게 굴었다. 자라온 환경이 다르기 때문이라고 하면 어쩔 도리가 없었지만, 이미 황후가 된 처지를 이해하고 조금 더 점잖게 행동하면 좋을 텐데. 하지만 치사토는 누가 뭐래도 순순히 따르지는 않을 것이다.

　코요의 시선이 치사토에서 두 사람을 이끌고 있는 사내의 등으로 옮겨갔다.

　평소에는 광려전의 경비를 맡고 있는 죽마고우인 좌근위대장 나카츠카사도 이번 외출에 동행하고 있었는데, 아무것도 모르는 치사토의 모습에 이따금 어처구니없는 눈빛을 보내왔다.

　아무리 신뢰하는 죽마고우라 해도 치사토에게 가까이 다가오길 바라지는 않으니 그 눈빛은 환영할 만한 것이 아니었고, 치사토가 지나치게 어리다는 사실은 변명의 여지가 없었다.

　'뭐, 육체는 충분히 성숙하지.'

　눈앞에 있는 치사토는 만일을 대비해 얼굴이 드러나지 않도록 옷을 뒤집어쓰고 있었지만, 가녀린 선은 감출 수 없었다. 더욱이 몇 번이고 몸을 섞은 코요는 그 몸의 달콤함도, 어디를 어떻게 애무하면 녹아내리는지도 잘 알고 있다.

　"……."

　치사토의 말랑말랑한 엉덩이가 몸에 닿을 때마다 좋지 않은 생각이 고개를 불쑥 쳐들었다.

　'어제 저녁에는 이 몸을 안고 쉬지도 못했는데 말이야.'

　지금 아무 저택이나 빌려서 치사토를 끌고 들어가면 뭐라고 할까. 응어리진 욕정은 일찌감치 해소하는 게 좋다.

욕망에 충실한 코요의 손이 의도적으로 치사토의 허리를 껴안으려고 할 때였다.

"앗!"

갑작스러운 외마디 비명에 얼굴을 든 코요는 눈앞에 펼쳐진 활기찬 광경에 저도 모르게 한숨을 내뱉고 말았다.

"…도착한 것 같구나."

그도 그럴 것이, 북적거리기 시작하는 사람들 틈에서 치사토를 건드릴 수 없게 되어서 코요는 말의 속도를 더 천천히 늦췄다.

*   *   *

"사동 옷을 입으시옵소서."

치사토는 아침에 눈을 뜨자마자 영문 모를 말을 듣고 어리둥절해했다.

그러나 눈앞에 남자 물건이, 그것도 움직이기 편한 아이용 기모노가 펼쳐져 있는 광경을 본 순간, 오늘 외출은 이 남자 옷으로 행한다는 것을 알고 저도 모르게 마츠카제를 껴안고 말았다.

"어때? 어울려?"

"예. 평소 입으시는 옷도 청순하시어 잘 어울리십니다만, 이 자태도 늠름하시고 귀여우십니다."

귀엽다는 말에 납득이 가지 않았지만, 그 전의 늠름하다

는 칭찬에 만족한 치사토는 평소보다 훨씬 가벼운 복장에
방 안을 이리저리 걸어다녀 보았다.

"이거 말이야, 엄청 움직이기 편하네."

"원래 하인이 입는 옷인 까닭에 움직이기 편해야겠지요.
그래도 이번에 준비한 것은 고급품이라서 살갗을 자극하지
않을 것이옵니다."

"응."

'착용감도 좋아!'

아이처럼 제자리에서 빙글빙글 돌면서 좋아하자 잠시 웃
으며 지켜보던 마츠카제가 슬슬 나가야 할 시간이라고 재
촉했다.

"금번 외출을 허락해 주신 폐하께 어서 그 자태를 보여
드려야지요."

마츠카제에게 떠밀려 코요에게 이 차림새를 보였을 때,
코요가 놀란 표정을 지은 것이 이상했다.

코요는 황후라고 부르거나 섹스를 하려 드는 등 치사토
를 여자로 취급하는 면이 있었는데, 이 모습을 보았으니 치
사토가 남자라는 사실을 새삼 깨달았을 것이다.

치사토는 코요를 놀라게 한 뒤, 광려전 밖으로 나간다는
생각에 내내 기분이 들떴다. 말 등에 올라탔을 때는 무서워
서 덜덜 떨었지만, 그것도 잠깐이었고 곧 처음 본 광경에
정신을 빼앗겼다.

"앗!"

코요가 사는 곳에서 가장 가까운 이곳은 황제가 머무는 곳이라 해도 좋을 만큼 번성한 듯 보였다. 길가에는 다양한 노점들이 즐비했고, 오가는 사람들이 제법 많았다. 치사토는 이 세계에 와서 처음으로 소위 평범한 사람들을 봤다.

'남자는 저택에 있는 사람보다 조금 간략하게 입은 모습인데, 여자는…… 완전히 다르네.'

치사토가 사는 광려전 안에서 본 여자들은 모두 눈부시게 화려한 기모노를 입고 긴 머리를 우아하게 늘어뜨리고 있었다. 하지만 거리에서 본 여자들은 허리에 채 닿지 않는 짧은 머리를 하나로 묶고, 소매가 짧고 무릎까지 내려오는 기모노를 입고 있었다.

"어떠냐?"

"어, 어떠냐고 해도……."

치사토는 주위에서 눈을 떼지 않은 채 중얼거렸다.

"여자들이…… 너무 달라."

감상을 본 그대로 솔직하게 이야기하자 등 뒤에서 코요가 슬며시 웃는 기척이 났다.

"그래. 궁중 여인은 화려하지만, 백성은 일을 해야 하는데 그런 옷을 입고서 움직이기 어렵겠지."

"그야 그렇지만……."

민주주의 시대에서 자란 치사토도 부자는 차원이 다른 세계에서 사는 사람이라고 생각했다. 그러니 이 세계의 정점에 있는 사람이 천황이라 한다면 이곳 사람들도 딱히 부

조리하다고 생각지는 않을 것 같았다.

'표정이 무척 밝기도 하고······.'

자신이 느끼는 혼란이 저들에게는 쓸데없는 감정인지도 모른다.

"앗, 맛있겠다."

천천히 걷는 말 위에서 치사토의 시선이 한 곳에 멈췄다. 그 소리를 들었는지 코요가 재촉하기에 손가락으로 쭈뼛쭈뼛 가리켰다.

"카마보코인가?"

"저거 치쿠와(竹輪) 아니야?"

으깬 생선살을 반죽해서 긴 나무 봉에 말아 구운 것이 카마보코라고 들었는데, 머릿속 이미지와 달라서 치사토는 무심코 몸을 앞으로 쑥 내밀었다.

"생선살을 꼬챙이에 꽂아 구운 것이다. 궁중에서는 거의 먹지 않지만··· 먹어보고 싶으냐?"

"으, 응."

어떤 맛이 날까? 생김새가 똑같은 치쿠와 같은 맛일지, 아니면 이타카마보코(반달 모양으로 생긴 어묵) 맛일지 실제로 먹어보고 싶었다. 광려전 안에서는 이런 음식이 나온 적이 한 번도 없었다.

"그러면 가져오라 하겠다."

"앗, 내가 사러 가고 싶은데··· 안 될까?"

이왕이면 직접 사보고 싶었다. 치사토는 그럴 생각으로

말에서 내리려고 했지만, 코요는 팔을 잡고 놔주지 않았다.

"…안 돼?"

모처럼 이런 차림을 했는데 길거리에서 음식을 먹어도 이상하지 않을 것 같았다. 코요도 평소와는 다른 옷차림이었기 때문에 천황인 줄 아무도 모를 것이다.

"……알았다."

뒤를 돌아 눈싸움을 하듯 서로 노려보다가 결국 코요가 한숨을 쉬면서 져 주었다. 그리고 코요가 먼저 말에서 내린 뒤 손을 내밀어 치사토가 내리는 것을 도왔다.

"고마워."

고맙다는 인사를 한 뒤 치사토는 서둘러 노점으로 향하려 했지만,

"아키마사님."

"어찌 그러느냐?"

"예정이 아닌 것은 삼가주시길……."

예정에 없는 행동을 한 탓인지 나카츠카사가 바로 불러 세웠다. 평소와 다르게 부르는 것은 코요가 천황이라는 사실을 들키지 않기 위함일 것이다.

'…또 방해하려고 하네.'

자신에게 그리 좋은 감정을 갖고 있지 않은 이 남자는 치사토가 하는 모든 행동이 신경에 거슬려서 잔소리를 하는 것처럼 느껴졌다.

코요가 나카츠카사의 충고를 따를지 모른다고 이대로 포

기하려던 찰나, 뜻밖에도 그가 '괜찮다' 하고 나카츠카사를 제지했다.

"주위에 신경 쓰거라, 치사토."

편을 들어준 코요에게 약간 고마워하면서 가지런히 진열해 놓은 카마보코를 흥미진진하게 구경했다. 그런데 카마보코를 사려고 가게 주인을 부르려던 치사토는 막상 깨달은 중대한 사실을 입 밖에 꺼냈다.

"…나, 돈 없어."

"돈?"

이 세계에서 통하는 돈이 어떤 것인지 모르는 데다 당연히 갖고 있지 않았다. 이래서는 물건을 살 수 없다고 멍하니 서 있던 치사토에게 코요는 이상한 듯 되물었다. 왠지 모르게 의사소통이 되지 않는다고 느끼던 때에 옆에서 대기하고 있던 나카츠카사가 품에서 작은 천주머니를 꺼내 코요에게 건넸다.

"동전을 말하나 봅니다."

"동전……."

죽마고우인 나카츠카사는 코요가 당황한 것을 눈치챈 것이다. 다소 어조가 부드러워졌고 하오나, 라며 말을 이어갔다.

"백성 가운데는 아직 물물교환을 하는 자도 많습니다. 생선이 필요하면 자기가 가진 야채와 바꾸고, 고기가 필요하면 다시 다른 것과 바꾸고……. 동전을 사용하는 자는 그리 많지 않습니다."

나카츠가사의 설명에 손안의 천주머니를 물끄러미 내려다보던 코요는 이윽고 주머니에서 동전을 한 닢 꺼내 치사토의 손에 쥐어주었다.

"이걸로 사는 게 좋겠다."

"고마워!"

안 될 것이라고 생각했던 일이 이루어졌다는 걸 알고 치사토의 기분은 다시 단숨에 날아올랐다. 그리고 아까부터 줄곧 궁금했던 카마코보 가게로 다시 달려갔다.

"아저씨, 이거 주세요!"

아까부터 치사토 일행 쪽을 흘끔흘끔 곁눈질하던 노점상 주인이 서글서글하게 웃으며 오냐, 하고 대답했다.

"이걸로 부족해요?"

이 세계의 돈의 가치를 잘 모르기 때문에 동전 하나로 정말 살 수 있을지 불안해하며 내밀어봤다. 하지만 놀란 것은 가게 주인이었다.

"이, 이렇게 큰돈은 못 거슬러 줘!"

"네?"

"여기에 있는 카마보코를 몽땅 산대도⋯⋯."

"그, 그렇게 많이는 필요 없어요!"

"그럼 바꿀 만한 것은 있누? 동전만 아니면 뭐라도 상관없단다."

"⋯⋯."

'이 동전이 그렇게 큰돈이었어?'

치사토의 눈에는 암만 봐도 거무튀튀한 오 엔짜리 동전으로밖에 보이지 않았기에 카마보코 하나를 사기에도 부족할 것 같았는데……. 아무래도 이 가게 주인에게는 가치 있는 동전인 모양이다.

'흐음~'

치사토는 제 몸을 훑어보았다. 입고 있는 옷도, 들고 있는 물건도, 모두 코요가 준 것이지 제 것이 아니었다. 다른 사람에게 막 주자니 그렇고, 무엇보다 전부 이 돈보다 훨씬 비쌀 것 같았다.

"…그럼, 됐어요."

"왜? 필요 없어?"

"바꿀 만한 물건이 없어요……."

먹고 싶다는 듯 뚫어져라 쳐다보는 치사토의 눈빛에 넘어갔는지, 아니면 그 뒤에서 노려보는 남자의 눈초리에 굴복했는지, 가게 주인이 옛다, 하며 카마코보 한 개를 내밀었다.

"하, 하지만……."

치사토가 가게 주인과 카마보코를 번갈아보면서 머뭇거리자 가게 주인은 어린아이를 대하듯 치사토의 머리를 비비적비비적 쓰다듬었다.

"사양 말거라. 맛있거든 다음번에 많이 사가려무나."

아무리 생각해도 이 말은 뒤에 있는 코요를 향한 것이겠지만, 치사토는 마치 자신이 전권을 쥐고 있는 양 맡겨달라며 큰소리쳤다.

＊　　＊　　＊

아무리 초라하게 변장했다 해도 뒤따르는 종자들과 입고 있는 고급 옷을 보면 그에 걸맞은 신분의 사람이라는 건 짐작할 수 있다.

그러나 설마 천하의 천황이 이 자리에 있다고는 생각지 않을 것이다. 지금 자신들을 보고 젊은 귀족 일행쯤으로 여기겠지. 천황과 황후라는 사실이 알려지면 한바탕 소동이 일어나겠지만 한눈에 봐도 소년인 치사토의 천진한 모습을 보니 정체를 들킬 염려는 없을 듯했다.

가게 주인과 이야기를 나누는 치사토의 뒤에 선 코요는 치사토가 꼭 쥐고 있는 동전에 눈길이 갔다.

어릴 적부터 원하는 것은 뭐든지 손에 넣었던 코요는 굳이 대가를 치르면서까지 얻고 싶은 것이 없었다. 그래서 특별히 힘든 적도 없었지만, 돈이 없기 때문에 물건을 살 수 없다고 말하는 치사토와, 당연한 듯 동전을 꺼내는 나카츠카사를 보자 왠지 자신이 외톨이처럼 느껴졌다.

'동전…… . 무엇을 바라든 이것이 필요하단 말인가?'

"……."

코요의 상식과 백성의 상식이 다른 것은 어쩔 도리가 없었다. 하지만 그 사실을 아는 것은 결코 나쁜 일이 아닐 것이다.

먹음직스러운 카마코보를 손에 든 치사토를 다시 말에 태워 걷기 시작하자, 코요의 코에도 맛있는 냄새가 풍겨왔다.

"……."

바로 위에서는 치사토의 얼굴이 잘 보이지 않지만, 슬쩍 옆얼굴을 살피니 기쁜 듯 연방 싱글벙글대면서 입을 오물거리는 모습이 어딘지 모르게 작은 동물처럼 사랑스러워 무심코 말을 걸었다.

"어때, 맛있느냐?"

"맛있어! 갓 구워서 엄청 뜨겁고!"

뒤를 돌아보고 말하는 그 표정이 치사토의 기분을 대변하고 있었다. 반항적이지 않은, 솔직한 치사토의 말을 더 듣고 싶었다.

"호오, 그래……. 어떤 맛이냐?"

"어떠냐니… 먹어본 적 없어?"

코요는 대를 이을 천황으로서 모든 자유를 누리며 살았던 반면에 엄격한 제약도 뒤따랐다. 놀이 상대도 선택된 귀족 가문의 아이들이 전부였고, 식사를 할 때도 독이 들어 있는지 미리 맛을 보는 기미 궁녀가 안전을 확인한 음식만 먹었다. 그런 까닭에 방금 만든 음식을 먹어본 적이 없었다.

이 시대에 둘도 없는 고귀한 신분인 천황으로서 당연하게 받아들여 온 일들이었지만, 치사토와 만난 뒤부터는 예상치 못한 일이 많아서 천하의 코요도 당혹스러울 때가 한두 번이 아니었다.

그것은 황후라는 지위에 있는 치사토도 마찬가지다. 서민 음식을 함부로 먹는 행실은 용납할 수 없었으나 치사토가 초롱초롱한 눈망울로 조르자 다 들어주고 싶어졌다.

'정말이지… 나를 농락하는 자는 치사토 외에는 없을 것이다.'

"자."

그런 생각에 잠겨 있는데 갑자기 치사토가 눈앞에 먹다만 카마보코를 불쑥 디밀었다.

"…이게 무어냐."

"뭐냐니, 먹은 적이 없으면 먹어보고 싶을 것 같아서."

"이것을, 말이냐?"

"그게… 하나밖에 없잖아."

자신의 행동에 전혀 의문을 품지 않는 듯한 치사토. 먹고있던 음식을 내미는 행동이 천황에 대해 얼마나 무례한 짓인지 숫제 모르는 눈치다.

"……."

"……."

"……."

"안 먹어?"

좀처럼 반응하지 않는 코요를 보며 치사토가 눈썹을 찡그렸다. 기분이 상했다는 게 고스란히 드러난 그 표정에, 코요는 내심 당황하면서도 겉으로는 아무렇지 않은 척 고개를 끄덕였다.

"나도 다오."

"처음부터 그러면 좋잖아."

뭐라고 투덜투덜 중얼대는 치사토의 손을 잡고 그대로 카마보코를 한 입 베어무는, 난생 첫 경험을 했다.

"아키마사님."

코요의 행동에 나카츠카사가 날카로운 목소리로 불렀다.

천황이 서민 음식을, 말 위에서, 그것도 다른 사람이 먹던 것을 먹다니 칭찬 받을 행동은 아니었다. 어렸을 때부터 자신의 처지를 잘 이해하고 있었던 코요는 나카츠카사가 하려는 말이 무엇인지 알고 있었지만, 그래도 치사토의 기분을 먼저 생각했다.

"어때?"

"……맛있구나."

"그치?"

"흐음……."

싸구려 조미료가 아닌 재료 본연의 맛이 강했다. 게다가 갓 구운 것이라 입안 가득 온기가 퍼져서 너무나도 맛있게 느껴졌다.

"저택 안에서도 이런 걸 먹을 수 있으면 좋겠다."

"…그건 곤란하구나. 우리와 백성은 다르다."

이번만 특별히 허락했다는 뜻을 담아 전해도 치사토는 수긍하지 않았다.

"어쩐지 손해 보는 기분이야."

"치사토."

맛있는 음식을 맛있게, 예를 들면 찌거나 구운 요리를 뜨거울 때 바로 먹는 것만으로도 이렇게 다른데 식사를 만드는 하인까지 의심하면서 조심해야 하는 이 처지가 좋은 건지 나쁜 건지.

'조금은 개선할 수 있을지도 모르겠으나……'

기미를 보는 과정을 완전히 없애는 것은 불가능하지만, 방법을 바꾸면 지금보다는 따뜻한 식사를 치사토에게 먹일 수 있을 것 같았다.

"자기가 먹을 음식 정도는 직접 만들어도 되는데……"

앞으로의 일을 고민하던 코요는 갑작스러운 치사토의 혼잣말에 바로 반응했다.

"네가? 안 될 일이다."

"왜 안 된다는 거지? 해본 적 있어. 조리실습이었지만."

"네 아름다운 손에 상처라도 생기면 어쩌느냐. 그것만큼은 허락할 수 없다."

"…왠, 왠지 과장이 심해."

얼굴을 붉히며 말대꾸해도 마냥 사랑스러워 보이기만 했

다. 코요는 미소 지으며 가까이 다가가 일부러 치사토의 귓가에 속삭였다.

"들리느냐, 치사토."

"다, 다가오지 마!"

시끌벅적하게 다투면서, 어느새 치사토가 카마보코를 다 먹고 얼마 지나지 않아 무가(武家)의 저택이 늘어서 있는 대로에 도착했다.

"저곳이다."

목적지가 시야에 들어오자 동행한 종자 몇 사람이 저택 안에 들어갔고, 다른 몇 사람이 주위의 안전을 확인하기 위해 흩어졌다. 곧이어 나카츠카사가 보고를 받고 몸을 돌려 이쪽으로 무릎을 꿇었다.

"폐하, 들어가시지요."

그 말에 고개를 끄덕인 코요가 말에서 내렸고, 이어서 치사토에게 손을 뻗어 땅에 내려주었다.

"갈까? 치사토."

"으, 응"

아무리 천하를 다스리는 천황이라 해도 세상에는 소수의 반란분자가 반드시 존재하는 법이었다.

우수하고, 백성으로부터 존경과 사랑을 한 몸에 받고 있는 코요 천황.

하지만 선대 천황의 사생아라느니 혈통의 정통성이 희박하다느니 온갖 이유를 붙여서 풍요로운 이 나라의 지배자가 되고자 계략을 꾸미는 무리가 끊임없이 출현했으므로, 아들인 *카즈아키*에게 제 손으로 양위할 때까지는 매순간 신변에 주의를 기울여야 했다.

"안에 말이 있어."

"어어."

지킬 것이 늘어나면 그만큼 경계를 강화해야 했다. 신하들을 생각하면, 아니, 나라를 생각하면 치사토를 데리고 이곳까지 오는 것은 무모한 짓이었다.

하지만 코요는 치사토를 위해 기꺼이 위험을 감수했다. 당사자는 모르는 듯하지만, 이것만 보더라도 지금까지 코요가 관계했던 여인들과는 대우가 달랐다.

'치사토에게 통하지 않으면 의미가 없지.'

"앗!"

"……."

갑자기 소리를 지른 치사토 때문에 코요도 덩달아 얼굴을 들었다. 안내를 받으며 중정 같은 곳까지 이르렀는데 어느샌가 눈앞에 새하얀 망아지가 서 있었다.

"참으로… 훌륭하구나."

미리 본 그림에서는 알 도리가 없었던 털의 윤기, 깨끗한 눈, 영리해 보이는 표정까지, 하나부터 열까지 황후인 치사토에 어울리는 말이었다.

"이름은 지었느냐?"

"아닙니다. 이름은 폐하께서 친히 붙여주십시오."

바닥에 정좌해 이마가 땅에 닿을 듯 머리를 숙이고 있는 남자가 말 주인이었다. 이야기를 들었을 때는 마음이 내키면 보러 와야지 싶었는데 실제로 보니 치사토와 닮은 구석이 있어서 금방 마음에 들었다. 이만큼 키워놓고 이름이 없다고 보긴 어려웠지만, 앞으로 치사토가 예뻐할 말이니 치사토가 새 이름을 붙여도 좋을 것 같았다.

"치사토, 이름은 무엇으로 할까?"

"원래 이름이 있지 않아?"

"그 이름은 버리고 내가 다시 짓게 되었다."

"그게 뭐야. 이 말이 사람이라면, 하루아침에 이름이 바뀌면 놀라고 슬프지 않겠어? 이름 가르쳐 줘."

"……"

'…특이한 발상이군.'

코요 자신도 아명인 '아키마사'에서 천황으로 즉위한 뒤 '코요'라는 이름으로 바뀌었다. 그 변화를 당연하게 받아들였고 이상하다 여긴 적이 없었다.

단지 치사토가 '아키마사'라고 친근하게 불러주는 것이 더 좋았는데, 치사토는 이런 것을 말하고 있는 듯했다.

어느 쪽이든 이 말의 주인인 치사토가 그렇게 말하는 것이니 코요는 말 주인에게 명했다.

"이 말의 이름을 말하라."

"네, 네. 시로타에(白妙)라 합니다."

"시로타에?"

'무슨 뜻이지……?'

어디선가 들어본 것 같기도 한데, 물론 자신이 있던 세계와 이 세계의 상식이 같지 않아서 뜻이 약간 다를 수도 있다.

치사토는 얌전히 제 쪽을 바라보고 있는 말을 향해 입에 감기는 그 이름을 불러보았다.

"시로타에."

그러자 시로타에는 기쁘다고 말하듯 힘차게 울더니 치사토의 가슴과 머리에 제 머리를 비볐다.

"아무래도 시로타에는 네가 마음에 든 모양이다."

코요의 감탄사에 치사토는 정말인지 어리둥절해하며, 놀라지 않도록 살며시 말의 콧잔등에 손을 얹었다. 그 순간 시로타에는 마치 치사토가 주인이라는 것을 아는 양 온순히 몸을 붙였다.

"귀여워……."

"마음에 드느냐?"

"응!"

화려한 기모노보다 이 순수한 동물을 받는 쪽이 훨씬 기뻤다.

아직 망아지라서 실제로 광려전에 데려가는 것은 나중의 일이지만, 그래도 낙이 생긴 기분이 들었다.

'…하지만 이곳에 오래 있을 생각은 아닌데.'

그래도 한 번쯤은 등에 타보고 싶어서 햇살을 받아 반짝

이는 하얀 등을 바라보고 있는데,

"…앗."

치사토의 시야를 노란 무언가가 가로질렀다.

"어?"

"치사토?"

"지금 그건……."

"치사토!"

그 그림자의 정체를 확인하려고 재빨리 달려간 치사토에게 이미 등 뒤에서 날아오는 코요의 목소리는 들리지 않았다.

"아, 어랏?"

'어디로 가버렸지?'

마구간과 저택 사이를 빠져나가 뒤를 쫓아 일단 여기까지 왔지만, 대나무로 만든 울타리와 그 앞에 심어진 나무 근처에서 놓치고 말았다.

"분명히 있었어……."

치사토가 제자리에 무릎을 꿇고 풀을 손으로 헤쳤다. 놓쳐 버린 그것을 찾고 있는데, 갑자기 누군가 팔을 낚아채 억지로 일으켰다.

반사적으로 얼굴을 들자 자신의 팔을 잡은 나카츠카사가 무표정하게 서 있었고, 그 뒤로 코요의 모습이 보였다.

두 사람이 풍기는 분위기에 숨을 멈추자 나카츠카사가 성큼성큼 다가온 코요에게 말없이 치사토를 넘겼다.

방금 전까지의 온화한 표정과는 정반대로 돌변한 남자의 험악한 표정. 하지만 치사토는 자신에게 왜 그런 표정을 보이는지 모른 채 코요의 서슬에 겁먹고 뒷걸음질 쳤다.

"또 내게서 도망갈 생각이냐?"

처음부터 이 기회를 노리고 있었냐며 몰아세우자,

"그, 그런 게……."

당연히 생각하고 있지… 라고는, 역시 이 분위기에서는 치사토도 그렇게 말할 수 없었다.

화를 풀어줄 생각은 아니었지만, 치사토는 부랴부랴 자신의 행동을 설명했다.

"아, 아까, 뭔가 보였는데, 그래서……."

"보았다? 무엇을 말이냐. 내 눈에는 아무것도 보이지 않았다."

"그게, 그러니까~"

이렇게까지 화내듯 따지지 않아도 되는 일이라고 생각하며 항의하려던 치사토는 풀이 부스럭거리는 소리에 다시 눈길을 돌렸다.

그와 동시에 허리에서 칼을 뽑으려고 하는 코요와 나카츠카사를 보고 치사토는 멈춰, 라며 소리를 질렀다.

"고양이가 있어!"

"…고양이?"

"아까 노란 고양이를 봤다고! 정말이야!"

치사토는 그렇게 말하고 보여주는 쪽이 빠르겠다고 생각

해 다시 풀 속에 두 손을 집어넣었다.

옆얼굴에 노여움으로 가득 찬 코요의 시선을 느끼면서 치사토는 더 분주하게 풀을 뒤지며 죽을힘을 다해 목표물을 찾았다.

즉흥적으로 둘러댄 말이 아니라는 증거로 실물을 보여주는 쪽이 빠르기 때문이었다.

"분명히 여기에……."

땅에 바짝 엎드려 기어 다니면서 치사토는 자신이 한없이 비참하게 느껴져서 울고 싶어졌다. 이런 식으로 의심받을 바에 더 치밀하게 계획해서 진짜로 도망가는 쪽이 나았을지도 모른다. 스스로도 이상하다 여겼지만, 코요와 처음 외출하는 것이 기뻐서 애초에 도망 같은 건 생각하지도 않고 있었다.

"…아야."

갑자기 손등에 뜨거운 감촉이 닿아서 손을 뺐다.

"…긁혔어."

"어디 보자."

치사토가 움직이기 전에 코요에게 손을 잡혔다. 시선을 떨구자 한심할 정도로 새하얀 손등에 붉은 선처럼 긁힌 자국이 있었다. 이곳에 목표물이 있는 게 확실했다.

"거봐, 내 말이 맞지."

"네 몸에 상처를 낸 어리석은 고양이는 필요 없다. 고양이가 갖고 싶으면 귀족에게서 데려오면 된다."

자신의 말이 거짓이 아니라는 걸 증명해서 안심한 치사토였지만, 코요의 생각은 다른 것 같았다.

　미간의 주름을 깊게 찡그리며 이깟 일로 고양이에게 불평하는 코요가 황당했지만, 마음속 한구석에 작은 물결이 일었다.

　"따, 딱히 그렇게까지 신경 쓰지 않아도 괜찮아! 난 고양이가 더 걱정인걸!"

　흔들리는 제 마음을 숨기기 위해 다시 한 번 풀숲에 손을 넣은 치사토의 손끝에 부드럽고 따뜻한 무언가가 닿았다.

　"…아얏!"

　놓치지 않으려고 꽉 잡은 노란 물체를 억지로 풀숲에서 끌어냈다.

　"우와… 크다."

　스치듯 봤을 때도 새끼고양이치고는 크다 싶었는데, 다시 보니 평범한 고양이보다 상당히 크다고 해야 하나… 뚱뚱한 노란 줄무늬 고양이였다.

　"……."

　두 손으로 안아 눈높이까지 들어 올리자 치사토와 눈이 마주친 고양이는 냐옹, 하고 한 번 울더니 축 늘어져 치사토가 하는 대로 가만히 몸을 맡겼다.

　'뻔, 뻔뻔한데……. 귀여워.'

　동물은 종류에 상관없이 거의 다 좋아하지만, 굳이 따지자면 개보다는 고양이파인 치사토는, 결코 깨끗하다고 볼 수 없는 이 고양이가 한눈에 마음에 들었다. 목걸이가 없어서 집고양이는 아닌 것 같았지만, 이 시대에 애완동물용 목걸이가 있는지도 의문이었다.

"……아키마사."

치사토는 무거운 고양이를 가슴에 꼭 끌어안고, 상황을 지켜보고 있던 코요를 돌아보았다.

"치사토."

"…키우면 안 돼?"

"……."

코요는 아무 말 없이 자신과 고양이를 보고 있다.

이유는 모르겠지만, 옛날에 누가 버린 고양이를 주워왔을 때도 엄마가 이런 표정을 지었던 기억이 되살아났다.

그때 데려온 고양이는 지금도 집에 있는데 이번에는 어떨는지.

어떻게 하면 이 고집 센 남자가 허락할지 눈을 굴리며 고민하던 치사토는 가장 하기 싫었지만, 가장 효과가 클 것 같은 방법을 쓰기로 결심했다.

"……부탁해."

고개를 기울인 채 살짝 흘기는 표정으로… 애교스럽게 말했다.

일명 교태 작전에 속으로는 우웩, 하고 질색하면서도 치사토는 이 못생기고 넉살좋은 비만 고양이가 갖고 싶었다.

"돌아오셨습니까… 어머."

"나녀왔어, 마츠카제!"

하늘이 붉게 물들 무렵 일찌감치 광려전에 돌아온 치사토를 마중 나온 마츠카제는 치사토의 품에 안긴 커다란 물체를 발견하곤 눈이 휘둥그레졌다.

뜻밖의 반응에 기분이 좋아진 치사토는 제 뒤에서 고삐를 쥐고 있는 코요를 돌아보았다.

"내 말이 맞지? 역시 마츠카제가 놀라지?"

"그렇게 못생긴 고양이는 이 근방에서 볼 수 없기 때문이다."

"에— 이렇게 귀여운데?"

"…네가 특이한 것이다."

"……."

코요의 말에 치사토는 입술을 삐죽 내밀었다. 자신이 특이하다고 하면, 그런 자신을 뒤쫓는 이 남자의 취향도 상당히 독특했다.

'내 생각에는 평범한걸!'

그러나 이 고양이를 얻기 위해 코요가 손을 써준 건 확실했다.

틀림없이 길고양인 줄 알았는데 사실 말 주인이 키우던 고양이였고, 코요가 데려가겠다고 나서서 이야기해 준 것이다. 물론 천황의 말을 거역할 수는 없었겠지만, 말 주인은 상냥한 얼굴로 흔쾌히 승낙해 주었다.

그리고 그 고양이는 지금 치사토의 품속에 있다.

"…아키마사."

"왜 그러느냐?"

"오, 오늘은……."

"……."

"오늘 고마워."

바깥 구경을 시켜준 것도, 고양이를 데리고 오게 해준 것도, 코요가 치사토를 생각하고 움직여 주어서였다. 지금 상황이 제 뜻이 아니라고 해도, 현재 상황이 불만스럽다 해도, 남자가 자신을 소중하게 대하려 노력하는 것이 저절로 느껴졌다.

'방향이 매우 어긋난 것 같지만.'

아내나 결혼 같은 말을 꺼내지 않으면 얼마나 좋을까? 치사토는 고양이를 꼭 안으며 코요를 지그시 바라보았다.

*　　　*　　　*

무슨 생각에서였는지, 마구간과 저택 사이를 달려가는 치사토를 본 순간 코요의 몸속에서는 분노와 슬픔이 뒤엉킨 감정이 회오리바람처럼 소용돌이쳤다. 치사토를 완전히 믿지 않는 제 자신이 비참했고 또한 자신의 신뢰를 저버리고 도망치려 한 치사토가 미웠다.

치사토의 전부를 지배하고 있다고 확신했지만, 치사토

로부터 자신과 같은 마음이 되돌아오고 있지 않다는 사실은 알고 있었다. 역시 언제 자신에게서 멀어져 갈지 모르는 치사토를 궁 밖에 데리고 나오지 말아야 했을까?

"기다리십시오. 제가 가겠습니다."

"어찌 네게 맡기겠느냐!"

나카츠카사가 유능한 사내라는 건 익히 알고 있었으나 치사토에 관해서만큼은 다른 자에게 맡겨두고 손 놓고 있을 수는 없었다.

바로 뒤를 쫓아 발견한 치사토는 의외의 것을 찾고 있었다.

치사토가 원하는 것은 뭐든지 주리라 생각했고 고양이 한 마리 기르는 일쯤은 아무것도 아니었지만, 이왕이면 더 예쁘고 온순한 고양이가 좋았다.

'아무리 봐도… 뻔뻔해.'

추한 생김새뿐 아니라 기분 나쁜 눈초리가 마음에 들지 않았지만, 어디가 어떻게 마음에 든 것인지 치사토는 그 고양이를 꼭 키우고 싶어 했다.

말 주인도 기꺼이 양보해 주어서 함께 돌아왔는데 이번에는 고양이 이름을 놓고 고민하기 시작했다.

"네 이름을 뭐라고 짓지—?"

"……."

'아까부터 저 녀석에게만 말을 거는군.'

"쿠마 같은 건 너무 흔하고 말이야~"

"……."

'이름 따위 붙이지 말고 고양이라고 부르면 되지 않느
냐.'

"엘리자베스라고 붙이면 이쪽 세계 사람들이 부르기 어
려울 것 같고……."

"……."

'엘리자베스?'

고양이를 상대로 진심으로 질투하는 자신이 한심해서 코
요는 되도록 대범하게 행동하려 했지만, 자기에게는 거의
들려주지 않는 치사토의 즐거운 목소리에 결국 마음속으로
불만을 터뜨렸다.

"아! 맞다!"

그런 코요의 마음을 전혀 눈치채지 못한 치사토가 급하
게 벌떡 일어났다.

"이 아이, 오오카에게도 보여줘야지!"

"……오오카?"

'동궁의 여어를 말하는… 건가?'

왜 이 자리에서 오오카의 이름이 나오는 것일까? 단순하
게 길 잃은 아이를 데려다준 극히 짧은 만남이었을 텐데,
치사토의 머릿속에 깊이 각인된 모양이다.

특별한 보고는 받지 않았지만, 설마 어제 오늘 사이에 또
보고 싶은 마음이 생긴 걸까?

"치사토."

아무리 황후로 맞이했다 해도 치사토의 성별이 사내라는 사실은 달라지지 않는다.

이미 몇 번이고 치사토를 안은 코요는 치사토가 여인을 안을 수 있으리라고 생각지 않았지만, 그래도 만에 하나라는 것이 있었다.

"그 아이와 교류가 있었느냐?"

"교류라니, 어제 막 만났는데. 그럴 시간이 없었다는 건 당신도 알잖아?"

"…너는 방심할 수 없다."

언제 자신을 속이고 달아날지 모르는 치사토. 믿으라고 말할 작정이면 두 번 다시 도망가지 않겠다고 맹세해 주길 바랐다.

"그게 무슨 소리야. 그렇게 말하는 당신은 어쨌는데!"

"내가 무엇을 했다고 그러느냐?"

"어, 엄청 많이, 여자랑……."

차마 말 못하고 얼버무리는 것 같았지만 치사토가 주장하고자 하는 바가 무엇인지는 대충 짐작이 갔다.

그 순간 코요는 저도 모르게 웃음을 흘렸다.

'질투가 난다면 솔직히 그렇다고 할 것이지.'

그동안 안았던 많은 여어와 하룻밤 상대. 천황으로서 의무를 다했으며 사내로서도 자랑스러운 수많은 경험을, 치사토는 귀여운 감정으로 질투하고 있을 뿐이었다.

"이, 이제, 오늘은 절대로 내 방에 오지 마. 오면 무슨 수를 써서라도 쫓아낼 테니까."

사신의 감정을 주체하지 못하는 듯 치사토가 갑자기 소리쳤다.

하지만 손에 잡힐 듯 치사토의 기분을 훤히 아는 코요에게, 지금 조바심 따윈 없었다.

"네가 무엇을 할 수 있단 말이냐?"

"만만하게 봤다간 호되게 당할걸."

"치사토."

"나머지는 어떻게 생각하든 그쪽의 자유야!"

정말이지 치사토는 왜 이렇게 이 마음을 어지럽힐까. 사랑하는 상대와의 우아한 연정의 줄다리기. 날마다 갖가지 감정에 휘둘리기는 하지만, 그것은 치사토를 선택한 자신의 숙명일지도 몰랐다.

코요는 부채를 들어 얼굴을 반쯤 가리고 치사토를 놀렸다.

"내가 다른 여인의 처소에 들어도 상관없다는 말이냐?"

"그건, 그러니까……."

오랫동안 망설이던 치사토는 끝까지 좋을 대로 하라는 말은 하지 않았다.

"실례하옵니다."

오늘 밤도 달을 보면서 술을 마시던 코요가 인기척에 고개를 들었다.

"그런 것만 드시면 옥체가 상하십니다."

"치사토는?"

"쉬고 계시옵니다. 그 고양이도 함께."

그렇게 보고하면서 마츠카제는 소맷자락으로 입을 가리고 웃음을 억지로 참고 있었다.

'…또 한바탕 소란이 있었나?'

코요는 어쩐지 말로 묻기가 꺼림칙해서 마츠카제에게 눈빛만으로 다음 이야기를 재촉했다. 물론 마츠카제가 코요에게 숨기는 것이 있을 리 없었다.

"털은 매우 깨끗했습니다만 치사토님이 씻겨야겠다고 하셔서. 방에 대야를 가지고 오라 이르셨사온데……."

마츠카제는 이 부분에서 더 재미있는 듯 표정이 무너졌다.

"그 고양이에게 따뜻한 물을 뿌리던 도중 고양이가 큰 소리로 울면서 젖은 채로 도망 다니는 통에 큰 소란이 벌어졌사옵니다."

"……."

고양이를 저택 안에서 기르는 것은 허락했으나 치사토가 직접 돌보는 것까지 허락한 기억은 없었다.

오늘은 따뜻한 물을 뒤집어쓴 데서 그쳤을지 모르지만, 날카로운 이빨과 발톱에 또 상처를 입으면 어쩌려고 그러는 걸까?

설사 고양이일지라도 사랑하는 치사토에게 상처를 입히

면 박살 내주겠노라고 불온한 생각에 빠져 있는데, 그것을 읽었는지 마츠카제가 안심하라며 말을 이었다.

"소인이 함께 돌보겠사옵니다."

"······그리해 다오."

"드실 것을 준비하오리까?"

그렇게 말하고 일어서려던 마츠카제에게 코요가 나카츠 카사를 불러달라 일렀다. 이렇게 휘영청한 달밤에 혼자서 술을 마시기가 적적했다.

일단 자리에서 물러난 마츠카제가 안주거리를 가져왔고, 그 뒤로 시간이 얼마간 흘렀을 무렵 나카츠카사가 왔다. 허리에 칼은 차고 있었으나 간편한 옷으로 갈아입은 모습을 보니 근무가 끝났음을 알 수 있었다.

"폐하."

"아키마사."

주위에 아무도 없을 때, 코요는 나카츠카사에게 아명으로 불러달라 청했다. 천황이라는 지위에 올랐을지언정 나카츠카사가 죽마고우라는 사실은 변하지 않았다. 허심탄회하게 이야기를 나눌 수 있는 허물없는 존재가 소중하다는 것을, 코요는 한시도 긴장을 늦출 수 없는 지위에 오르고 나서야 뼈저리게 깨달았다.

"······."

"······."

코요가 술잔을 건네자 나카츠카사가 잠시 망설인 뒤 받

앗다. 술을 따르자 단숨에 들이켠 나카츠카사가 코요의 얼굴을 가만히 바라보았다.

"기분이 좋은 모양일세."

"응?"

나카츠카사는 잔을 놓았다.

"그 고양이를 데려가겠다고 했을 때는 썩 유쾌한 표정이 아니었는데 말이야."

"…어쩔 수 없었네. 치사토가 원하는 건 뭐든지 들어주고 싶거든."

반은 진심이었고 반은 고집이었다.

치사토가 자신에게 웃어주기만 한다면 뭐든지 하겠다고 결심한 반면, 그 눈빛이 자기 이외의 것에게… 설령 그것이 짐승일지라도 향하는 것을 용납할 수 없었다.

하지만 그 고양이는 이미 데려왔고, 치사토는 진심을 다해 돌보려 하고 있다. 이제 와서 금하고 빼앗는다면 치사토의 마음이 자신에게서 더욱 멀어질 것이다.

"……아키마사."

"……"

이 생각 저 생각에 헤매던 코요는 나카츠카사가 부르는 소리에 고개를 들었다.

미간에 주름을 잡은, 과히 언짢은 표정을 보니 지금부터 자신이 거북한 소리를 듣게 될 것을 예상할 수 있었다.

"치사토… 님은 천황의 처라는 자각이 없어 보이네

만……."

죽마고우이기 때문에 할 수 있는 말이었다. 다른 자가 치사토를 비난한다면 코요는 눈빛만으로 사살할 정도로 분노를 느꼈을 것이다.

옆에 칼이 있다면 그대로 베어버린대도 상관없었겠지만, 진지함이 묻어나는 말에 코요는 조용히 그다음을 재촉했다.

"나는 동의 못하네. 지금이라도 늦지 않아. 더 신원이 확실한… 그 좌대신의 둘째 여식을 동궁마마가 아니라 자네가 취하는 게 맞다고 생각하네."

나카츠카사는 정식으로 피로연을 거행하기 전에 마지막 쓴 소리를 하러 온 것이었다.

기세를 더할 참인지, 나카츠카사가 제 손으로 잔을 채워 벌컥벌컥 마시더니 앞으로 고꾸라질 듯 휘청거리면서 코요에게 하소연했다.

"지금이라도 충분해."

"그런 어린애를 말인가?"

"형식적이라도 괜찮아."

고지식한 나카츠카사는 오오카를 품으라고까지 하지는 않았다. 단지 누가 봐도 이의를 제기할 구실이 없는 존재를 곁에 두라고 하는 것이다.

"그 아이가 정 갖고 싶으면 측실로 삼으면 되네."

"토모유키."

이상하게도 코요는 마음이 놓였다. 그뿐 아니라 치사토와 만난 나카츠카사에 대한 질투심도 깨끗이 지워졌다. 지금 나누는 대화 속에서 눈앞의 남자가 진심으로 자신을 걱정하고 있음이 느껴졌기 때문이었다.

그래서 더욱 나카츠카사가 알아주길 바랐다. 코요가 얼마나 치사토를 원하는지, 정체가 불분명하더라도 상관없다는 걸, 누구도 아닌 죽마고우이기 때문에… 받아들여 주길 바랐다.

"나는 이미 자식이 있어. 다음 시대를 물려받을 동궁도 말일세. 이제 자식을 낳아야 할 책임에서 벗어나도 괜찮지 않겠는가?"

"아키마사……."

"내가 원하는 것은 치사토일세. 그 아이가 아니라면 필요 없네."

코요는 고귀한 태생의 규수도, 아름다운 여인도 필요 없다고 호소했다.

나카츠카사는 잠시 코요의 얼굴을 응시하더니 한숨을 길게 내리쉬었다. 결국 아무리 말려도 소용없을 듯한 코요의 완고함에 제 뜻을 꺾었다.

"미색에 빠진 자는 손쓸 도리가 없으이."

그런데도 그런 독설을 토해낸 나카츠카사에게, 코요는 소리 높여 웃으며 술을 따라주었다.

*　　　*　　　*

"으응……."

'무… 거…….'

배 위에 누름돌이 얹혀 있다.

도대체 얼마나 무거운지 짐작이 가지 않는다. 치사토가 답답하니까 이제 그만하라고 애원하는데도, 코요와 마츠카제는 웃으면서 둘이서 돌의 양끝을 잡고 더 쌓아올린다.

'섹스를 거절한 복수, 야……?'

"우우~ 으… 답… 답해."

"……토님."

"섹… 스, 까짓 거… 할, 게… 이…….""

"치사토님."

"……으응?"

몇 번이고 몸이 흔들리자 치사토가 겨우 눈을 떴다. 눈을 뜨자 위에서 자신을 걱정스럽게 내려다보고 있는 마츠카제의 얼굴이 보였다.

"아… 누름돌."

"누름돌?"

치사토는 고개를 갸우뚱하는 마츠카제를 보고 그제야 꿈이었다는 걸 깨달았다.

"미, 미안, 아무것도…… 아, 무거워."

누명을 씌운 것 같은 기분이 들어 황급히 사과하면서 일어나려던 치사토는 아직 제 배 위에 무거운 무언가가 놓여 있음을 알았다. 설마 진짜 누름돌인가 싶어 확인하자 배 위에는 어제 데려온 고양이가 당당하게… 라고 해야 하나, 뻔뻔한 모습으로 몸을 둥글게 말고 누워 있었다.

'둥글둥글하고 살찐 고양이 탓에 악몽을 꾸다니.'

치사토는 무심코 여러 가지 뜻이 섞인 한숨을 쉬었다.

"너, 무거워……."

"어제 저녁은 치사토님의 발밑에서 얌전히 있었습니다만."

마츠카제는 소맷자락으로 입을 가렸지만, 가늘게 휜 눈에서 웃고 있는 표정이 뻔히 보였다.

"아무래도 끈으로 묶어두는 게 좋겠습니다."

"하지만……."

'고양이가 묶여 있으면……'

치사토가 알고 있는 고양이는 언제든 제 마음대로 집을 드나드는 자유로운 동물이었다. 그런 고양이를 끈으로 묶는 것은 어쩐지 동물학대 같았다.

그러나 마츠카제에게는 그것이 아주 당연한 일인가 보다.

'상식이 여러 가지로 다르구나.'

이곳이 다른 차원이든 과거 일본이든 자신의 상식이 통하지 않는다는 건 벌써 경험했는데도 새로운 사실을 배울 때마다 궁금증이 쌓여가는 기분이었다.

"마츠카제, 이 아이를 묶지 말아줘."

"하오나 도망갈지도 모르옵니다."

"그건 그때 가서 생각해도 늦지 않고, 또 도망간대도 어쩔 수 없지."

"치사토님."

꼭두새벽부터 자신을 고생시킨 고양이지만, 그래도 묶어두기는 불쌍했다.

"우쭈쭈, 자, 저리 가."

무거운 몸을 가까스로 내려가게 하고, 치사토는 우~웅 하고 두 팔을 뻗어 심호흡을 했다.

옷을 갈아입고 아침 식사가 준비될 때까지 치사토가 생각하고 있었던 것은 고양이의 이름이었다. 언제까지고 '어이' 나 '나비야' 로 부를 수는 없었다.

"어떤 이름이 좋을까……. 다들 기억하기 쉽고 부르기 편한 것으로……."

그렇게 중얼거린 치사토는 고양이의 얼굴을 보다가 불현듯 떠올랐다. 뻔뻔하고 눈빛이 고약하고 오만불손한, 생긴 것만 보면 귀엽다고 말하기 어려운 고양이…….

"아키마사?"

고양이가 치사토의 얼굴을 흘끗 봤다.

"……아키?"

분명히 지금 냐옹, 하고 울었다.

"아, 마음에 들어? 너 아키마사의 아키가 좋은 거지?"

냐아~옹.

"후후후, 좋아!"

아침 식사 자리에 코요가 나타나지 않았다.

그러거나 말거나 딱히 관계없었지만, 어제 했던 말다툼이 머릿속에 남아서 어쩐지 찜찜했다.

'일단 어제 일에 대해서 고맙다고 인사하는 게 좋겠어.'

그러나 일부러 찾아가기가 망설여졌다.

"치사토님."

"어?"

건널복도를 걷던 도중 누군가 갑자기 불러 세워서 뒤를 돌아보자, 늘 곁에서 시중을 드는 궁녀 한 명이 무릎을 꿇고 있었다.

"치사토님, 경상전의 여어님이 진귀한 과자를 받으셨다며 함께 드시고 싶다고 말씀하셨사옵니다."

"경상전의 여어… 라니?"

"오오카님이십니다."

"아, 그래."

온갖 수식어를 들어도 단박에 알지 못했는데 이름을 듣고서야 아아, 하고 고개를 끄덕였다.

옛날 말에 익숙하지 않은 치사토 입장에서는 곧장 이름을 말해주는 게 가장 빠른 길이었지만, 이 시대는 신분이 높은 사람의 이름을 함부로 입에 올리면 안 되는 것 같았다. 신분의 차이 때문이겠지만, 역시 적응하기 어려운 풍습이기도 했다. 그리고 살고 있는 저택의 이름으로 부르는 것도 이상했다.

"답변을 주셔야 하옵니다."

치사토에게 그렇게 고한 궁녀 곁에는 오오카의 궁녀로 보이는, 젊은 여자가 바닥에 엎드려 치사토의 대답을 기다리고 있었다.

젊다고는 하나 자신보다 연상일 여인에게 이런 절을 받기가 미안해서 치사토는 저절로 자기도 함께 그 자리에 무릎을 꿇고 말았다.

"나… 저도 오오카님께 보여 드리고자 하는 것이 있으니 꼭 만나 뵙고 싶습니다만……."

'일단 처음엔 거절하는 게 좋겠지.'

"…잠깐, 기다려요."

또 마음대로 오오카를 만난다면 화낼 인간이 한 사람 있다. 마음 가는 대로 하고 싶지만 뒤에서 쑥덕거리는 것도 싫었다. 치사토는 한 번은 거절했다며 스스로 핑계를 댄 뒤 제 방으로 향하려던 발길을 돌렸다.

오오카의 초대를 코요에게 전하기 위해.

그런 대의명분을 손에 넣고, 치사토는 코요가 일을 하고 있다는 방으로 향했다.

"이곳에서 기다려 주십시오."

하지만 일을 하는 모습을 직접 보지 못하고 조금 떨어진 방에서 기다리라는 말을 들었다. 곧이어,

"치사토."

치사토가 기다리던 방으로 코요가 왔다. 코요는 어제의 말다툼을 다 잊었는지 온화한 표정으로 나타났지만, 그 시선이 치사토의 가슴을 향하고 있었다. 치사토는 그 시선을 느끼고는 눈썹을 찡그렸다.

"…치사토, 품에 무엇을 안고 왔느냐?"

남다른 존재감을 자랑하는 그것을 숨길 방법이 없어서 오히려 당당하게 안고 있었는데 그것이 코요를 동요시킨 듯했다.

"뭐기는, 고양이지."

"일부러 내 앞에 데려온 것이냐?"

"아키가 주인공이거든."

"……아키?"

생경한 단어에 되묻는 코요에게, 치사토는 히죽 웃어 보였다. 그리고 토실토실 살이 오른 고양이의 얼굴을 코요 쪽으로 돌려서 안고 중대 발표를 했다.

"정식 이름은 아키마사고, 줄여서 아키."

그 순간 코요가 싫은 내색을 했다.

"혹시 내 이름이더냐?"

"아니야. 그 이름이 좋겠다고 생각한 것뿐이라고. 아키도 이 이름이 마음에 드는 것 같아서 결정했어."

코요와 같은 이름인, 도저히 우아하고 아름답다고 볼 수 없는 짐승. 고귀한 천황의 이름을 고양이에게 붙이는 것은 용서할 수 없는 일이겠지만, 어디까지나 '아키마사'가 아닌 '아키'라서 괜찮을 것이다.

'역시 놀라는군.'

고양이의 이름을 들은 코요의 얼굴이 복잡하게 일그러지는 광경을 보고 치사토는 만족한 웃음을 흘렸다.

"치사토, 너는 대체……."

"그래서 지금 오오카님이 과자를 대접하신다고 해서 그곳에 갈 건데."

"뭐?"

"진귀한 과자가 생겼대. 간 김에 아키도 보여주고 싶은데 만나도 되지?"

묻자마자 코요의 분위기가 전에 없이 위태로워졌음을 느꼈지만, 치사토도 물러설 수 없었다. 자신의 생각을 확실하게 말하지 않으면 앞으로 자유는 없었다.

"내가 다른 여인의 처소에 들어도 상관없다는 말이냐?"

치사토는 코요의 이 말을 잊지 않았고, 그 문제와 지금 상황은 별개의 이야기라고 생각했다. 그러나 코요가 어떻게 생각하든 어린 소녀인 오오카와 자신이 이상한 관계로 발전할 가능성은 추호도 없었다.

"아니면 난 무엇을 하든지 일일이 당신의 허락을 받아야 하는 거야?"

코요는 입을 꾹 다문 채 가만히 치사토를 보고 있었다. 조금… 아주 조금 무서웠지만, 여기서 질 수는 없기에 치사토는 같이 노려보았다.

"……."

그러자 코요가 후우, 하고 한숨을 쉬었다.

"알았다."

"뭐?"

"나도 가겠다."

생각지도 못한 제안에 치사토가 놀랐다.

"경상전의 여어는 나 역시 본 적이 없다. 동궁의 소중한 상대이니 얼굴 정도는 익혀두는 게 좋겠지."

"어? 아, 응."

논리정연하게 이유를 대자 치사토는 압도된 듯 수긍할 수밖에 없었다.

가벼운 마음으로 오오카에게 놀러 갈 생각이었는데 거기에 코요가 동행하게 되자 갑자기 분위기가 묵직하게 가라앉았다.

"폐하께옵서 경상전으로 행차하신다고 합니다."

"경상전의 여어님께 어서 전갈을 넣으십시오."

"누가, 폐하의 시중을!"

천황인 코요가 어느 전각을 방문할 경우, 상대도 그에 걸맞게 준비를 해야 했다. 그것이 입고 있는 기모노의 종류든, 올릴 다과의 종류든.

보통 자신의 남편이나 가족 이외에는 얼굴을 보이지 않고 반드시 발을 내린 상태에서 만나야 하는데, 이 세계에서 유일하게 그 상식이 통하지 않는 사람이 천황이었다.

어떤 신분의 사람이든 천황이 원하면 예사롭게 얼굴을 볼 수 있었기 때문에 맞이하는 여인들도 정성껏 치장해야 한다고 했다.

"······."

'아키마사가 오오카를 보고 싶다니, 어쩔 셈이지?'

치사토는 앞서서 걷는 코요의 등을 가만히 바라보면서 생각했다.

하지만 그런 자신의 뒤를 따르는 궁녀 몇 명과 무사들이 신경 쓰여서 생각이 정리되지 않았다.

코요의 시중을 드는 사람과 자신의 시중을 드는 사람 열 몇 명이 조르르 걷고 있는 모습을 옆에서 봤다면 코미디 영화의 한 장면인 줄 알았을 것이다.

그런데도 이것이 일반적이라고 하니 혼자만 거부할 수 없었다.

'아무리 그래도~'

더 홀가분한 기분으로 찾아갈 생각이었는데 코요가 간다는 한마디에 이런 북새통이 벌어졌다.

정말로 소란스러운 남자다.

"치사토."

그런 코요가 치사토의 이름을 불렀다. 응하지 않으면 주위가 시끄러울 것 같아 하는 수 없이 대답했다.

"왜?"

"네가 본 경상전의 여어는 어떠했느냐?"

"뭐?"

왜 하필 이런 때에 묻는 걸까?

"그게… 나도 딱 한 번 만난 게 전부라서 말야……."

다른 사람들이 있으니까 일단 여자인 척 조신하게 어투를 꾸몄다.

마츠카제를 비롯해 치사토의 몸시중을 드는 극히 한정된 궁녀들은 치사토가 남자라는 사실을 알고 있었다. 그러나 이곳에는 코요를 모시는 사람들도 많았다.

"착한 아이 아냐?"

"한 번 만났다면서 어찌 아느냐?"

"……그런 말투는 비겁한 것 같은데."

코요가 어떻게 생각하느냐고 묻기에 치사토는 자신이 느낀 대로 솔직하게 이야기했다. 단 한 번 만났다는 말에 꼬투리를 잡혀서 얼굴이 화끈거렸지만, 그럼에도 무난하고 안전하게 말하는 것이 일본인이다.

물론 여러 번 만나면 인상이 바뀔 가능성도 있지만, 지금의 자신은 그렇게밖에 대답할 수 없었다.

'내 말이 의심스러우면 자기 눈으로 확인하면 되잖아.'

머지않아 열릴 피로연에 출석할 자들의 최종 명단을 확
인했다.

본래 새 황후의 피로연에는 관등(官等)을 가진 자만 부르
면 됐지만, 코요는 그래도 인원이 많다며 상당히 줄였다.

좌대신의 아들인 사이죠 키요시게(西條淸重)가 그런 예였
다.

어느 정도 신분이 있는 자가 치사토를 본다면… 그때처
럼 어디론가 데려갈 가능성이 있는 한 위험의 싹은 미리 제
거하고 싶었다. 이것은 치사토의 뜻과 관계없었다. 힘을 가
진 자는 그만큼 성가셨다.

그런 가운데 치사토가 어쩐 일로 정무를 돌보는 곳까지
자진해서 찾아왔나 싶어 반가웠는데, 경상전에 가고 싶다
고 했다. 이제 막 만난 사람을 제 쪽에서 먼저 찾아가다
니……. 거기에 특별한 감정이 있는 건 아닌지 의심한다고
해도 전혀 이상하지 않았다.

하지만 치사토의 부탁에서 오오카에 대한 특별한 마음은
엿보이지 않았다. 그렇다면 오오카의 측근이 무엇을 생각
하고 있는지, 카즈아키의 여어로 책봉하기 전에 코요 본인
의 눈으로 직접 확인하고 싶어서 치사토에게 동행할 뜻을
밝혔다.

"폐하께옵서 행차하십니다!"

치사토와 함께 코요가 경상전에 발을 들이자 궁녀와 갱의들이 머리를 조아리며 코요를 맞이했다.

경상전은 동궁인 아들 카즈아키를 위해 존재하는 곳이며, 오오카를 비롯해 카즈아키의 측실이 될 여인들이 살고 있었다. 그러나 현 천황인 코요의 눈에 띄어 승은을 입으면 코요의 측실로서 일정 지위에 오를 수 있다. 그래서인지 출세욕이 강한 여자들은 겉치장에 신경 쓴 흔적이 역력했다.

"……."

물론 코요는 여자들의 그런 의도가 빤히 보였다.

갓 맞이한 황후인 치사토가 뒤에서 따라오고 있는데도 그 모습은 보려 하지 않고, 자신에게 뜨거운 눈빛을 보내기 바쁜 여인들을 보고 불경하다고 느낄 따름이었다.

'조금이라도 치사토를 배려하는 태도를 취한다면 달리 보였을 것을.'

코요는 일부러 치사토를 수시로 돌아보며 애정 어린 눈길을 보냈다.

그때마다 이를 가는 소리가 들려오는 듯해서 우습기도 했다.

'여자들의 권력 다툼은 이제 지긋지긋하구나.'

카즈아키의 취향에 맞춰 지은 경상전을 흥미진진한 표정으로 둘러보던 치사토가 자꾸 걸음을 멈추려 하자 마츠카제가 주의를 주었다. 코요는 아이처럼 호기심 왕성한 치사토의 모습에 흐뭇해하면서 가던 길을 멈추고 치사토가 따라오기를 기다렸다.

갑자기 멈춰 선 코요를 미처 보지 못한 치사토가 그대로 코요의 가슴에 부딪혔다.

"우앗."

"아!"

"폐하!"

"치사토님!"

주위에서 큰일 났다며 우르르 달려오려 했지만, 치사토의 몸을 꼭 붙든 코요는 눈짓으로 사람들을 제지한 뒤, 놀라서 휘둥그레진 눈으로 자신을 바라보고 있는 치사토에게 물었다.

"다치지 않았느냐?"

"으, 응, 고마워."

애초에 코요가 갑자기 멈춰 선 탓도 있는데, 치사토는 솔직하게 감사 인사를 했다.

기분이 좋아진 코요는 곧장 치사토의 손을 잡고 걷기 시작했다. 그 모습을 아연실색하고 바라보는 사람들의 시선은 코요의 눈에 들어오지 않았다.

"어, 어서 오십시오. 기다리고 있었습니다."

방문할 시간을 미리 연락받은 오오카는 일행이 방에 들어오는 순간, 떨리는 목소리로 조그맣게 인사하면서 엎드려 절했다.

점잖게 고개를 끄덕인 코요는 조용히 주위를 둘러보았다. 카즈아키의 전각이기 때문에 일절 관여하지 않았지만, 과연 첫 여어를 맞이하기에 부족함 없이 장식했고, 볕이 잘 드는 넓은 방을 배정한 것 같았다.

"갑자기 방해해서 미안해."

"아, 아닙니다."

지금껏 잡고 있던 손을 놓고 치사토가 오오카에게 몇 발짝 다가갔다. 오오카의 궁녀들은 천황을 앞질러 행동하는 치사토를 불쾌한 표정으로 쳐다보았지만, 코요는 전혀 개의치 않고 가만히 그 모습을 바라보았다.

"그래도 난처했지?"

"소, 소녀가 먼저 인사를 드리러 찾아뵈야 하는 이, 입장이온데……."

초대받은 치사토뿐 아니라 코요 천황까지 특별히 경상전을 찾아준 것에 오오카나 시중을 드는 궁녀들도 매우 들뜬 것 같았다.

그러나 천황의 행차를 기뻐하는 궁녀들과 달리 당사자인 오오카는 겁에 질린 모습이었다. 아직 세상물정 모르는 열세 살짜리 소녀는 천황과 대면한다는 사실에 상당히 긴장했을 것이다.

그런 오오카의 속마음을 민감하게 읽어낸 치사토가 바로 용건을 꺼냈다.

"그, 그게, 오늘은 오오카님에게 보여주고 싶은 게 있어."

"소녀에게요?"

"받은 것이지만…… 마츠카제."

치사토가 부르자 대기하고 있던 마츠카제가 들고 있던 대바구니를 내밀었다. 바구니 안은 천으로 덮여 내용물을 알 수 없었고, 그에 내내 불안한 표정이었던 오오카의 눈에 호기심이 어렸다

"놀라게 하지 마."

한마디 주의를 주고 치사토는 천을 걷었다. 그 안에 있는 것은 코요의 눈에는 매우 못생긴 커다란 고양이 '아키'였다.

"고, 고양이인가요?"

오오카가 놀란 듯 물었다. 하지만 그 목소리가 분명히 즐거운 듯 들떠 있어서 그럭저럭 치사토의 행동이 헛되지는 않았던 것 같다.

"이름은 아키야. 오오카님도 귀여워해 주면 좋겠어."

"네, 네."

머리를 맞대듯 바싹 붙어 바구니 하나를 들여다보는 모습은 조금 전까지 질투심에 불타오르던 자신이 어리석게 느껴질 만큼 흐뭇한 광경이었다.

코요는 여어로 입궁했다고 해서 오오카가 더 어른스러운 아가씨일 것이라 상상했었다. 하나 실물을 보니 코요가 생각했던 것 이상으로 어렸다. 카즈아키의 혼처를 찾을 때에 나이도 확실하게 확인했고, 용모도 전해 듣기는 했지만, 장

차 천황이 될 카즈아키와의 조화를 가장 중요하게 여기고 선택했다는 것은 부인할 수 없었다.

'용모는 문제없는데······.'

얌전해 보이지만, 한눈에 봐도 몇 년 뒤에는 아름답게 성장하리라는 것을 가늠할 수 있는 용모였다. 다만 정실부인이 되기에는 다소 소심한 면이 있어서 이대로라면 나중에 들어올 여인들에게 뒤처지는 건 아닐지, 무심코 그런 생각이 들었다.

"······."

"···읔"

조용히 바라보고 있자 그 눈빛에 견딜 수 없었는지, 조금 전까지 치사토와 고양이에 관해 즐겁게 이야기를 나누던 오오카의 표정이 갑자기 굳어졌다.

"오오카?"

그것을 눈치챈 치사토가 코요를 홱 돌아보았다.

"노려본 건 아니지?"

이곳에는 동행한 자들이 없다. 천천히 대화를 나눌 수 있도록 모두 건널복도에 대기시켰기 때문에 지금 치사토의 언동을 비난할 자는 없었다. 그래서인지 치사토는 있는 그대로 자연스럽게 반응했겠지만, 솔직한 감정을 드러내는 치사토를 좋아하는 코요는 시치미를 떼고 느긋하게 부채질하면서 말했다.

"나는 아무 짓도 안 했다."

"거짓말! 그렇다면 오오카님이 무서워할 리가 없잖아!"

"거짓말이 아니다."

"……."

"……."

'이 정도에 겁먹어서는 경상전의 안주인이 될 수 없다.'

열세 살이라고 해도 앞으로 이 저택 안에서 주인으로 자리 잡아야 할 아이다. 천황인 자신과 대면할 때 긴장하는 것은 어쩔 수 없지만, 빨리 익숙해져야 했다.

치사토의 강한 마음을 조금은 나눠주고 싶다고 생각하며 코요가 미소 지으면서 치사토를 보니 오오카가 놀란 눈빛으로 쳐다보았다.

"어찌 그러느냐?"

"아, 아니요… 무척 사이가 좋으셔서……."

천황에게 거침없이 말을 내뱉는 치사토와, 그것을 웃으면서 받아주는 자신이 옆에서는 금실 좋게 보이는 것이다. 코요는 어느 정도 의도한 행동이었으나 치사토는 솔직한 반응이었기 때문에 더 그렇게 느끼는 건지도 몰랐다.

사실은 아직 치사토의 마음을 잡지 못했지만, 그렇게 보인다는 것이 기뻐서 다시 한 번 들어두려고 오오카에게 물었다.

"오오카, 월경은 치렀느냐?"

"……윽."

"……?"

치사토는 뜻을 바로 파악하지 못한 것 같았지만, 오오카는 금세 알아듣고 얼굴이 새빨개져서 고개를 숙였다.

"어, 왜 그래?"

그 변화에 당황한 치사토가 물어도 오오카는 목까지 빨갛게 물들인 채 입을 열지 못했다.

"이, 이봐."

지금 상황을 이해하지 못한 치사토는 설명해 달라고 코요의 소매를 잡아당겼다. 그런 지식도 없는 건가 싶어서 코요는 치사토의 얼굴에 입술을 가져갔다.

"모르느냐?"

"모르니까 물어보지."

"황공하오나 폐하."

다시 치사토와의 대화를 즐기려 했을 때 갑자기 오오카의 시녀로 보이는 중년 여자가 방 안에 들어와 엎드려 절했다.

무심코 쳐다보는 치사토는 그에 아무런 의문도 없는 듯했지만, 원래 천황과 황후의 대화를 가로막는 것은 굉장히 불경한 행동이었다.

코요가 여자를 보는 눈빛이 저절로 매서워졌다.

하지만 궁녀도 상당한 각오로 이 시점에 말을 꺼냈을 것이다.

일단 내용을 듣고 나서 판단하자고, 코요는 부채로 가리켰다.

"말하라."

"네."

코요가 발언을 허가한 것에 여자는 감사의 예를 올린 뒤 깊게 머리를 숙인 채 입을 열었다.

"아가씨는 작년 봄 무사히 초경을 맞이하셨습니다."

어린 주인이 대답하기 곤란한 말을 대신 전하려 한 것이다. 코요는 여기까지만 확인하고 느긋하게 고개를 끄덕였다.

'그렇다면 아이를 낳을 수 있다는 말이군.'

월경… 그것은 여자가 아이를 낳을 준비를 마쳤다는 증거다. 열세 살이라는 점을 고려해 이미 맞이했으리라고 짐작했는데 앳된 외모에 의아해하던 참이었다.

카즈아키의 나이를 고려하면 함께 잠자리에 들 날은 아직 멀었고, 장래 천황의 처가 될지도 모르는 소녀에게 침실 법도를 익혀두도록 연습을 시킬 수도 없는 노릇이었다.

"침실에 관해 미리 설명했느냐?"

귀족 가문의 규수이니 시집을 가기 전에 침실 일에 관해 설명을 들었을 터다. 그렇게 생각하고 확인하자 궁녀가 자신 넘치는 목소리로 대답했다.

"네, 무탈히."

"그렇다면 다행이나… 더 이상 어린애로 여기는 것은 바람직하지 않다."

넌지시 정신을 더 바짝 차리라는 뜻을 담아 전하자 궁녀는 다부지게 고개를 끄덕였다.

"물론이옵니다. 동궁마마께서 아무 불편함 없이 지내실
수 있도록 오오카님도 최선을 다해……."

"저, 저기."

"응? 어찌 그러느냐, 치사토."

지금까지 얌전히 이야기를 듣고 있던 치사토가 갑자기
조금 높은 목소리로 자신을 불렀다. 물론 궁녀의 이야기보
다도 사랑하는 처인 치사토의 말이 더 소중한 코요는 바로
치사토를 바라보았다.

정작 치사토는 조금 동요한 듯 눈동자가 정처 없이 흔들
리고 있었다.

"지, 지금 이야기 말이야."

"지금? 무엇이 마음에 걸리느냐?"

특별히 이상한 이야기는 하지 않았을 터였다.

"월, 월경이란 게, 여자의, 그, 그거 말하는 거야?"

언제나 명랑하게 이야기하던 치사토가 귀까지 빨개져서
말을 더듬는 모습에 코요는 그만 놀리는 말투로 바뀌고 말
았다.

"그것이 무엇이냐? 월경이 월경이지 무엇이겠느냐? 아
이를 낳기 위해 한 달에 한 번 찾아오는 것이다."

"바, 바보!"

갑자기 화가 잔뜩 난 목소리와 함께,

"…윽."

"치사토님."

뺨에 뜨거운 충격을 느낀 코요는 다음 순간 건널복도를 달려가는 치사토의 뒷모습을 멍하니 바라보았다.

"폐, 폐하?"

코요는 충격에 휩싸인 표정을 짓고 있는 오오카를 흘끗 보고, 이어서 방금 천황인 자신에게 손을 올린 치사토가 사라진 방향을 뚫어지게 쳐다보았다. 마츠카제 및 궁녀들이 뒤쫓아 갔지만 바로 따라잡을 수 있을는지.

'이걸 어떻게 혼내준다지…….'

단둘이 있을 때라면 모를까, 다른 사람이 있는 앞에서 자신에게 반감을 드러내다니 아무리 황후라 해도 쉽게 용서할 생각은 없었다.

"누, 누가 용안을 식힐 천을!"

"네, 네! 바로 가져오겠습니다!"

오오카의 말에 옆에 있던 궁녀가 즉시 일어났지만, 코요는 괜찮다며 제지했다. 그 자리에서 손찌검을 당한 것보다 달려나간 치사토의 뒤를 쫓는 것이 급선무였다.

게다가 소리는 날카로웠지만, 치사토의 가는 팔로 맞은 뺨은 그 정도로 아프지 않았다.

"심하지 않다."

"하, 하오나……."

"오오카."

"네, 네."

코요는 지금 일어난 사건에 동요하고 있는 오오카를 똑바로 바라보고 방금보다 더 낮은 목소리로 말했다.

"방금 치사토의 행동을 배우라고 하는 건 아니다만, 너는 네 의견을 조금 더 확실하게 말할 수 있어야 한다. 지금은 카즈아키의 정식 처가 아니나 결국은 천황이 될 카즈아키의 곁에서 이 나라의 가장 높은 여인이 될 것이다."

코요가 그렇게 말하자 오오카는 겁에 질린 듯한 눈빛으로 머리를 조아렸다. 그런 결과는 꿈도 꾸지 않는다… 그렇게 생각하고 있는 것이 보여서 코요는 노골적으로 한숨을 내쉬었다.

'이곳에서 생활하면 어쨌든 그 마음도 성장하겠지만……'

화려할 뿐 아니라 권력 다툼도 격렬한 여인들의 세계.

천황이라는 가장 높은 자리에 있는 자신은 그에 직접적으로 관여할 수는 없는 입장이나 당연히 궁중에서 일어난 일은 모두 파악하고 있다.

"갑자기 찾아와서 놀랐겠구나."

지금은 오오카에게 이 이상 무슨 말을 한들 두려움에 떨게 할 뿐이다. 코요는 그렇게 생각하고 일어섰다.

"폐하……."

"앞으로도 치사토가 찾아오거든 기쁘게 맞아주었으면 좋겠다."

"네, 네."

깊게 머리를 숙이는 오오카와 곁에 있는 궁녀들의 배웅을 받으며 코요는 경상전을 떠났다. 이제부터는 치사토의 뒤를 쫓아 사람들 앞에서 천황을 때린 벌을 주어야겠다.

'곧장 방에… 아니, 그건 아닐 것이다.'

얌전히 방에 돌아갔을 것 같진 않아서, 코요는 어떻게 그 모습을 찾아야 할지 고민하면서 계속 걸었다.

＊　　　＊　　　＊

코요가 떠난 뒤, 궁녀는 머리 숙여 오오카에게 말했다.

"아가씨, 왜 폐하를 붙잡지 않으셨습니까?"

"네?"

"이대로 폐하의 총애를 받게 되면 오오카님은 지금 당장에라도 이 시대에서 가장 높은 여인이 되실 것을."

궁녀의 엄한 목소리에 오오카는 몸을 움츠렸다.

"말, 말도 안 돼요……. 저는 카즈아키님의……."

"카즈아키님이 천황이 되실 날은 먼 훗날. 그때까지 그분… 도무지 황후라고 보기 힘든 그분 아래인 지위에 만족하실 생각이십니까?"

"……히사하루(榮晴)."

오오카는 담담하게 말하는 궁녀의 말에 대답할 수 없었다.

오오카가 주인이라고는 하나 아직 어렸다. 그런 자신이

세상 물정에 밝은 궁녀에 맞서 제 의견을 똑 부러지게 말하기 어려웠다.

"오오카님, 기회가 생기면 반드시 폐하를 금칩 속으로 유혹하시는 겁니다. 승은을 입으십시오."

"……."

입궁한 몸이라면 그 정도의 야심을 품는 것이 정상일지도 모른다.

하지만 오오카는 온몸이 떨릴 정도로 위엄 있는 코요에게 가까이 가기도 무서웠고, 자기에게 다정하게 대해준 치사토를 도저히 밀어낼 수도 없었다.

고개 숙인 오오카의 귀에 궁녀의 한숨 소리가 또렷하게 들렸다.

*   *   *

'뭐, 뭐, 뭐야?'

그토록 당당하게 여자의 몸에 관해 말하다니 도무지 믿기지 않았다. 게다가 상대는 겨우 열세 살인, 너무나도 어린 소녀였다. 오오카가 얼굴을 붉히며 아무 말 하지 않았던 이유를 비로소 깨달은 치사토는 그 전에 말리지 못한 자신이 한심스러웠다.

물론 오오카를 끝까지 감쌀 수 있었을지는 장담할 수 없지만, 최소한 뜻이라도 알았다면 자신이나 다른 사람들 앞에서 그렇게 창피한 소리를 듣게 만들지는 않았을 것이다.

"그 자식, 진짜 변태야!"

"치사토님."

쿵쿵 하고 거친 발소리를 내며 긴 복도를 걷는데 뒤에서 마츠카제가 부르는 소리가 들렸다. 그러나 지금은 뒤돌아보기가 괜스레 분해서 발을 멈추지 않고 잰걸음으로 계속 걸었다.

입속으로 코요에게 욕을 퍼부으면서 그 기세를 몰아 걷는데.

"…어?"

치사토는 자신이 지금 어디를 걷고 있는지 갑작스레 방향을 잃어버리고 말았다.

"여긴 어, 어디야?"

어차피 코요를 두둔할 게 뻔한 마츠카제를 뿌리치기 위해 복도를 돌고 돌다가 미아가 되다니 기가 찰 노릇이었다.

섬세함이라곤 눈곱만치도 없는 코요에게 화가 나서 얼굴을 보기도 싫었지만, 작은 마을 같이 복잡한 이곳에서 혼자가 되자 불안함에 발이 얼어붙었다. 낯선 세계에 외톨이─새삼스레 그 사실을 뼛속에 사무칠 정도로 느꼈다.

게다가 냉정하게 생각해 보면 자신의 행동으로 인해 시중을 드는 마츠카제가 혼날 수도 있었다. 치사토는 제 탓으로 마츠카제가 그런 상황에 처하는 것이 싫어서 걸어왔던 복도를 곧장 되돌아가려고 했다.

"······에."

하지만 첫 걸음이 떨어지지 않았다. 치사토의 눈에는 주위를 둘러싼 복도와 정원이 모두 똑같이 보였고, 사방팔방으로 놓인 복도 가운데 어느 방향으로 걸어가야 방에 돌아갈 수 있는지 전혀 갈피를 잡을 수 없었다.

"······."

큰 소리로 외치면 누군가 올지도 모르지만, 한심하게도 도움을 요청할 용기는 없었다.

새삼 제 행동을 후회한 치사토는,

"어인 일이십니까?"

뜻밖의 낮은 목소리를 듣고 당황해서 주위를 둘러보았다.

"아··· 앗."

완벽하게 무장한 낯익은 얼굴. 어이없다는 그 표정에조차 반가움이 앞서서, 치사토는 절로 마음이 놓여 잔뜩 굳었던 얼굴이 풀렸다.

"다행이다~ 진짜로 조난당한 줄 알았어."

"······궁녀들도 없이 어디에 가십니까?"

누가 봐도 혼자인 치사토에게 새삼 그렇게 묻는 나카츠카사. 하지만 자신의 행동이 바보 같아서 설명하기도 창피했다.

그러나 입을 꾹 다물고 있으면 아무것도 달라지지 않기 때문에 치사토는 잠시 주저하더니 머뭇머뭇 입을 열었다.

"간다기보다 뛰쳐나왔는데····· 그, 내, 제, 제 방 어딘지

아세요?"

이 남자가 어디까지 자신의 정체를 알고 있는지 몰라서 치사토는 황급히 조신한 말투로 바꿨다. 그러자 나카츠카사는 한숨을 크게 내쉰 뒤, 신발을 벗고 정원에서 복도로 올라왔다. 그리고 당황해서 같은 말만 되풀이하는 치사토를 황당함이 섞인 표정으로 바라보았다.

"신경 쓰시지 않아도 모든 사정은 알고 있습니다."

"아, 그럼 내가 남자라는 것도……."

"쉿. 이런 곳은 언제 남의 귀와 눈이 있을지 모릅니다. 항상 언동에 조심 또 조심하시길 부탁드립니다."

말끝은 부탁하는 뉘앙스인데 말투는 잘난 체하는 듯해서 도무지 공손하게 들리지 않았다. 코요와의 관계를 부정하는 치사토에게는 환영할 만한 일이었으나, 어딘지 무시당하는 기분이 들어서 저절로 입꼬리가 내려갔다.

"측실이라면 모를까 황후이신 분이 남자라는 게 알려지면 폐하께옵선 비웃음의 대상이 되실 수도 있습니다. 제가 말하는 의미를 아시겠습니까?"

마치 아무것도 모르는 아이에게 설명하는 듯한 자상함에 치사토는 그저 고개를 끄덕일 수밖에 없었다.

"하오면 방까지 안내하겠습니다."

불만을 품고 있어도 안내는 해줄 생각인가 보다. 그것에 안심하면서 치사토는 앞장서서 걷는 나카츠카사의 뒤를 따랐다.

'빠, 빨라… 윽.'

현대에서 입던 옷이라면 몰라도 익숙하지 않은 기모노가 무거워서 걷기 힘들었고 아무리 애를 써도 나카츠카사와의 거리를 좁히기 어려웠다.

그때 치사토는 불현듯 느꼈다. 매번 이유 없이 자신의 몸을 만지는 코요였지만, 서로의 거리가 이렇게 먼 적은 없었다. 그것은 코요가 치사토의 보폭에 맞춰서 걸어주었던 건지도 모른다…… 그렇게 생각하자 마음에 동요가 일면서 심장이 몹시 두근거렸다.

'뭐, 뭐야, 이건.'

더 이상 생각했다간 코요에 대한 자신의 감정이 얼굴에 고스란히 드러날 것 같은 기분이 들어서 치사토는 서둘러 분위기를 바꾸려고 했다.

"저, 저기, 그러니까, 나카츠카사 씨."

"…왜 그러십니까?"

"나카츠카사 씨는 그 자식의 친한 친구라고 했죠? 친구가 보기에 성격이 어떤가요?"

나카츠카사의 걸음이 멈추고 이쪽을 돌아봤다.

코요처럼 색마 같은 외모가 아니라 남자다운 용모였다. 지나치게 고지식해 보이는 나카츠카사는 코요를 어떻게 생각하고 있을까? 코요와 가까운 남자라면 그에게야말로 기탄없는 의견을 들을 수 있으리라 생각했다.

다만 코요는 이 나카츠카사의 상사에 해당하기 때문에

혹시 두둔할 가능성도 있었지만.

"폐하는 훌륭한 분이시다."

치사토가 이런저런 생각에 잠겨 있는 사이에 나카츠카사가 극히 당연한 듯 입을 열었다. 다소 말투도 조심스레 바뀌어 있었다.

"나는 인정하기 싫지만 말이에요."

"이 나라를 이토록 번창시키고 정사도 확실히 돌보시지. 네가 어떤 속셈으로 그렇게 말하는지 모르겠지만 나는, 아니, 이 나라의 백성은 모두 그렇게 생각하고 있을 터이다."

"⋯⋯."

'대단해⋯ 맹목적이네⋯⋯.'

치사토는 자신의 눈으로 본 코요밖에 몰랐다. 정치하는 모습도, 누군가와 논의를 주고받는 모습도 본 적이 없어서 훌륭하다는 말을 순순히 인정할 수 없었다. 자신을 억지로 쓰러뜨려서 몸을 제멋대로 다루는 남자에게 다른 얼굴이 있을지도 모르지만, 직접 보지 않은 면을 믿기가 어려웠다.

잠시 생각하던 치사토는 자신을 가만히 바라보고 있는 나카츠카사에게 말했다.

*　　　*　　　*

"⋯⋯나카츠카사 씨가 무슨 말을 하는지는 알겠는데, 나는 그 독불장군 같은 성격이 문제라고 생각해요. 여자를 상

대로 섬세한 면도 없고, 틈만 나면 쓰, 쓰러뜨리고. 좀 더
부드럽게… 라고 할까, 이제 좀 말투와 태도를 고쳐 줬으면
좋겠어요.”

이따금 말을 더듬으면서 그럼에도 자신의 기분을 솔직하
게 털어놓는 치사토를 나카츠카사는 조금 달리 보고 받아
들였다.

고귀한 신분의 여인은 자신 같은 관리와 편하게 대화를
나누려 하지 않았다. 그러기는커녕 부채로 얼굴까지 가려
버리는 것이 보통이었다. 그런 반면에 하룻밤의 유희를 즐
기기 위해서 유혹의 편지를 건네는 여인도 적지 않아서 아
직 미혼인 나카츠카사를 잘생긴 불장난 상대쯤으로 여기는
경우도 허다했다.

물론 그 여인들의 남편을 알고 있는 나카츠카사는 유혹
에 넘어가지 않았다. 고지식하다고 여겼겠지만, 육체만 하
나가 되는 관계 따윈 맺을 생각이 추호도 없었다.

대부분의 여인들이 그러한 가운데 치사토는 눈을 맞추며
제 뜻을 전하고자 노력하고 있었다.

뜻 모를 말도 많았지만, 그 노력에 호의를 느껴서 나카츠
카사는 다소 어조를 부드럽게 했다.

“치사토님.”

“왜, 왜요?”

“다소 말씀이 혼란스러우신 것 같습니다. 이곳에서는 황
후이시기 때문에 ‘나’ 라고 하시기보다 고귀한 여인이 사용

하는 어투로 말씀하시는 쪽이 좋을 듯합니다."

방금 전까지 치사토에 대한 자신의 어조를 버리고 말하자 지나치게 진지했던 치사토의 표정이 아이처럼 변했다.

"……나카츠카사 씨, 잔소리가 심하다는 말 안 들으세요?"

"처음 듣습니다."

"한 마디도 안 지는데……."

그 자리에서 반박하자 치사토가 기분 나쁜 듯 입술을 삐죽 내밀었다.

'…그래, 내가 졌다.'

나카츠카사는 미간의 주름이 사라지지 않게 애쓰면서도, 대화가 길어질수록 차츰 치사토의 솔직한 반응이 재미있어졌다.

소중한 천황의 황후인 치사토와 이렇게 오랫동안 이야기를 나눌 수 있다니.

"저기, 나카츠카사 씨. 나…… 제 말 듣고 있어요?"

"똑똑히 들립니다만."

충고대로 말씨를 고친 태도가 우스워서, 그러나 이제 와서 얼굴을 펴자니 우스워질 것 같아서, 나카츠카사는 진지한 표정을 유지하며 발걸음을 내디뎠다.

"치사토님!"

얼마쯤 걷자 복도 끝에서 마츠카제가 달려왔다.

늘 침착하던 그녀가 이상하게 초조해하는 모습에 치사토는 그렇게 만든 자신을 반성했다.

"……어디에 가신 건지 걱정했습니다."

"미안해."

진심으로 미안한 마음에 사과하자 마츠카제는 한숨을 쉬고 나서 치사토의 뒤에 서 있던 나카츠카사를 보고 머리를 숙였다.

"폐를 끼쳤습니다."

"아니오, 우연히 발견했을 뿐이오."

짧게 대답한 나카츠카사에게 한 번 더 인사하고 마츠카제는 다시 치사토를 똑바로 쳐다보았다.

"치사토님, 이제 폐하께 가시지요."

"뭐?"

"아실 텐데요."

"……."

'때린 일로 내가 먼저 사과하라고?'

분명 감정에 못 이겨 때리고 말았다. 하지만 어린 소녀에게 무례를 범한 코요에게 머리끝까지 화가 나서 자신만 사과하고 싶지는 않았다.

"치사토님."

생각하기 싫었다.

'저쪽도 사과한다면…… 나도 사과하… 겠지만.'

마츠카제는 아이처럼 입을 앙다문 치사토를 보며 씁쓸하

게 웃었다.

"치사토님."

다시 한 번 재촉하자 치사토가 고개를 숙여 버렸다.

"……난 잘못한 거 없어."

"본인이 그렇게 생각하신다 해도 상대가 보기엔 어떻겠습니까? 폐하께옵서 어떻게 치사토님의 말씀을 들으셨는지, 왜 그 손을 받아들이셨는지 천천히 생각해 보시옵소서."

마츠카제의 말에 되려 나카츠카사가 놀라워하는 모습이 시야 한 켠에 비쳤다. 천황을 때리다니 전례 없는 일이겠지. 어쩌면 이 자리에서 베어버리겠다고 길길이 날뛰어도 할 말이 없을 것이다.

마츠카제는 그것을 허락받았다는 것이 어떤 의미인지, 치사토를 향한 코요의 마음이 얼마나 깊은지 이해하라고 말하고 있는 것이다.

"자, 치사토님."

거듭 부르는 소리에 치사토는 아무 말 않고… 천천히 마츠카제 옆에 섰다. 그 모습에 고개를 끄덕이던 마츠카제는 다시 한 번 나카츠카사에게 머리 숙여 인사했다.

"나카츠카사님, 번거롭게 해드렸습니다."

"아니오."

"치사토님."

"…폐를 끼쳐서 죄송합니다."

마츠카제가 다그치자 치사토는 나카츠카사에게 사과하고 머리를 푹 숙였다.

'……마츠카제는 못 이기겠어.'

늘 곁에 있으면서 돌봐주는 것도 있지만, 마츠카제가 풍기는 분위기가 대들 마음을 싹 사라지게 만들었다. 게다가 감정적으로 저지른 자신의 행동이 정말 옳았는지 이제 와서 다시 생각해 보라고 하자 더 이상 고집을 부릴 수가 없었다.

"아키마사는?"

"폐하께옵서는 방에 계십니다."

"…그래."

늘 자신의 뒤를 쫓아오는 것도 싫었지만, 막상 쫓아오지 않으니 조금 쓸쓸한 기분이 드는 것은 이기적인 것일까.

코요와 만났을 때 사과해야 할지, 아니면 다시 한 번 제 의견을 확실히 이야기하는 게 좋을지, 치사토는 고민했다.

"폐하."

복도에서 마츠카제가 부르자 잠시 뒤 들어오라며 응답이 돌아왔다. 그 목소리가 평상시와 다를 바 없어서 지금 코요가 어떤 생각을 품고 있는지 전혀 짐작할 수 없었다.

"실례하겠사옵니다."

곧이어 안에서 궁녀 몇 명이 나와 치사토에게 인사를 올리고 물러났다. 옷을 갈아입던 중이었을까, 아니면 치사토에게 맞은 뺨을 치료하고 있던 중이었을까…….

"치사토님을 모셔왔사옵니다."

"수고했다."

깊게 머리를 숙인 마츠카제가 다그치듯 눈길을 보냈다.

치사토는 복도에 멍하니 서 있어 봐야 아무것도 해결되지 않는다며 마음을 다잡고 크게 심호흡한 뒤 방 안으로 들어갔다.

"……."

코요는 발 건너편에 있는 다다미 위에 앉아 이쪽을 보고 있었다. 이미 편한 복장으로 갈아입었고 옆에는 늘 마시던 술이 놓여 있었다.

언뜻 보기에는 볼은 빨갛지 않았지만… 도망간 치사토는 그 뒤로 상황이 어떻게 되었는지 알고 싶기도 알기 싫기도 한, 그런 복잡한 기분에 조용히 그 얼굴을 보았다.

"어디에 있었느냐?"

"동쪽 정원에."

코요는 치사토가 아니라 마츠카제에게 물었다.

"때마침 나카츠카사님이 계셨사옵니다."

"토모유키가?"

코요가 뜻밖이라는 듯 어렴풋이 놀란 기색을 보였다. 그러나 그 이상은 아무것도 묻지 않았고, 치사토에게 사죄를 요구하는 일도, 더욱이 코요가 사과하는 일도 없었다.

"치사토, 아까 일을 다시 생각해 보니 내가 잘못했다. 오오카에게도 다시 사과하겠지만, 네게도 이렇게 머리를 숙이마. 부디 용서해 다오."

만약 이렇게 말한다면 치사토도 손씨김을 한 것에 대해 솔직하게 사과할 수 있었다.

하지만 코요가 아무 일 없었다는 듯한 태도를 보이자 사과할 타이밍을 잡기 어려웠다. 어떻게 해야 할지 혼자 남겨진 기분으로 앉아 있던 치사토는,

"앗."

어느샌가 일어선 코요에게 팔을 잡혀 그 품속으로 끌려 들어갔다.

"아, 아키마사……."

'그, 그렇게 노려보지 않아도…… 웃.'

쏘아보듯 강렬한 눈빛에 압도되어 시선을 외면하자 갑자기 몸이 허공에 떴다. 일명 공주님 안기처럼 번쩍 들리자 치사토는 당황해서 소리쳤다.

"내, 내려줘!"

"내려놓으면 쉽게 도망갈 것 아니냐."

"그, 그렇지……."

"나는 네 지아비로서 처의 행실을 고쳐야겠다."

"그, 그게 대체 무슨 말이야."

코요는 제자리에 서서, 엉겁결에 되묻는 치사토의 얼굴을 내려다보았다. 크고 긴 눈이 치사토를 조용히 응시하더니 이윽고 의미심장하게 가늘어졌다.

"나는 네 지아비이고, 너는 내 처이다."

"처, 처……?"

"모르겠다면 지금부터 다시 네 몸에 가르쳐 주겠노라. 마츠카제."

"폐하, 치사토님은……."

"돋움요를 준비하라."

"……?"

'돋움요?'

단어의 의미는 모르겠지만, 코요의 눈빛 속에서 낯익은 음탕함이 엿보여서 치사토는 무의식중에 흠칫하고 등을 떨었다.

마츠카제가 다른 궁녀에게 명령해서 여느 때처럼 잘 준비가 끝나고…… 그대로 그곳에 눕혀졌을 때 치사토는 제 운명을 깨달았다.

하지만 이번에는 순순히 남자를 받아들일 수 없었다.

설령 이 세계에서 코요가 가장 높은 사람이라고 해도, 치사토의… 사람의 의사를 무시하는 태도를 용서할 수 있을 리 없었다.

생각은 굳건했지만, 코요의 분노가 어디까지일지 판단하기 어려워서 치사토는 짓누르는 남자의 눈에서 몸을 숨기듯 움츠렸다.

불안해서 견딜 수 없었지만, 이대로 물러설 수는 없었다. 어떻게 하면 이 상황에서 벗어날 수 있을까.

"……윽."

겹겹의 우치기가 벗겨져 나가고, 그것을 거부하듯 몸을 들어 방향을 바꾸려고 했다. 하지만 무기운 기모노와 코요의 몸 때문에 간신히 옆으로 눕는 데 그쳤다.

"…윽."

훤히 드러난 목덜미에 무언가가 닿았다. 그것이 코요의 입술이란 걸 알기가 무섭게 치사토의 온몸에 찌릿한 전기가 흘렀다. 이미 몇 차례나 안긴 자신의 몸은 그 감촉을 기억하고 있는 것이다.

"잠…… 웃."

곧이어 손이 앞섶을 비집고 들어왔다.

여자처럼 가슴이 있는 것도 아닌데 이런 일을 당하는 게 부끄러워서, 치사토는 그 커다란 손을 막으려고 옷 위에서 눌렀다. 그러자 도리어 제 가슴을 더 세게 누른 꼴이 됐고, 이때라는 듯 코요의 억센 손이 밋밋한 가슴을 주무르기 시작했다.

"아, 아키마사!"

"가만히 있어."

"가만히 있으라닛, 마지막까지 당한다… 고!"

"당연하지. 지아비가 처를 안는데 무엇이 이상하단 말이냐."

"……윽!"

'그, 그렇게 생각하는 건, 그쪽 혼자라니깐!'

　　　　*　　　　　*　　　　　*

　피부를 맞대기 전에 서로의 생각을 맞추는 것이 우선이지 않을까. 마츠카제의 눈빛은 필시 그런 의미를 담고 있는 것이었겠지만, 코요는 차고 넘칠 만큼 치사토의 말을 들었고, 마음을 기다려 주었다.

　그것이 치사토가 아니었다면 자신은 더 강제로 이루었을 것이다. 원할 때 그 몸에 올라타고, 말을 선물하고, 맛있는 것을 먹이고, 베푸는 일 따윈 하지 않았으리라.

　'다른 누구도 아닌 너라서 마음을 존중했던 것이다.'

　"잠, 잠깐, 아키마사?"

　"……."

　'너이기 때문에 그 이름을 허락했다는 것을… 너는 조금도 모르는구나.'

　다정하게 대할수록 더욱 제 고집을 쏟아낸다.

　마음을 주면 싸늘하게 등 돌린다.

　이토록 원하고 사랑하는 상대는 처음이라서 어떻게 대해야 할지 고민한 적도 많았으나 그런 코요도 유일하게 치사토의 솔직한 감정을 느낄 때가 있었다.

　바로 몸을 포갤 때이다.

　어떤 말로 저항해도, 코요를 부정해도, 치사토의 뜨거운 그곳은 탐욕스럽게 자신의 분신을 집어삼키고, 더, 더 안으로 유혹하려 했다.

그것이 말로 표현할 수 없는 치사토의 본심이라고 믿고 싶었다.

"아키마사!"

"치사토."

"왜… 왜 그러는 거야."

겁에 질린 듯한 눈빛이, 그럼에도 강단 있게 자신을 노려보고 있다. 이 눈동자의 광채와 강인함이야말로 치사토가 소녀가 아닌 소년임을 알리는 증거 같아서 무심결에 씁쓸한 미소를 짓고 말았다.

준비된 돋움요에 치사토의 몸을 눕힌 코요는 치사토가 일어나기 전에 치사토의 위로 올라가 움직이지 못하게 막았다.

"아키마사! 잠깐만, 비켜보라고!"

몸을 움직일 수 없는 치사토는 어떻게든 도망치려고 죽을힘을 다해 저항하고 있었지만, 어차피 힘으로는 이길 수 없었다. 코요는 젖살이 남아 있는 볼을 손가락으로 천천히 쓸어내린 뒤 그 자리를 떠나려던 마츠카제를 불러 세웠다.

"마츠카제."

"예."

"묶을 것을."

"예?"

언제나 즉석에서 반응을 보이는 마츠카제가 흔들리는 기

미를 보였다.

"폐하, 그것은……."

"어서 가져오라."

간언을 가로막고 더 강하게 명령하자 신하인 마츠카제는 거역하지 못했다. 다른 때는 코요에게 당당하게 제 의견을 말하던 마츠카제도, 결국은 코요의 지배하에 놓여 있는 입장이었다.

생각했던 대로 마츠카제는 일순 주저한 뒤 인사하고 모습을 감추었다. 우수한 궁녀인 마츠카제라면 시간을 들이지 않고 코요가 바라는 것을 준비할 것이다.

"치사토."

코요는 제 몸 아래 깔린 치사토를 내려다보았다.

치사토는 방금 전 대화를 듣고 뜻은 잘 몰라도 자신에게 좋지 않은 일이 일어나리라는 것을 본능적으로 예감한 듯 다소 겁에 질린 눈빛으로 쳐다보고 있었다.

'늘 이렇게 얌전히 굴어준다면 편하겠지만…….'

하지만 제멋대로에 잔인하리만치 천진난만한 모습이 바로 치사토였다.

"서로가 쾌감을 얻을 수 있게 조금 얌전히 굴어다오."

"무, 무슨 짓을 할 작정이야!"

"글쎄다, 무엇일까."

잠시 펄펄 날뛰는 말을 길들이는 듯한 즐거움을 맛보던 코요는,

"폐하."

휘장 너머에서 부르는 목소리에 얼굴을 들었다.

"들어오너라."

"…들어가도 되겠사옵니까?"

"너라면 괜찮다."

"오, 오지 마!"

치사토의 성별을 알고, 이미 두 사람의 관계를 정확하게 이해하고 협력하는 충실한 하인인 마츠카제가 이 상황을 본다 한들 전혀 상관없었다. 그러나 그것은 코요 혼자만의 생각인 듯 갑자기 치사토가 더욱 거세게 저항하기 시작했다.

"마, 마츠카제, 들어오면 안 돼!"

"상관없다, 들어오너라."

마츠카제는 흥미로 이곳에 온 것이 아니라 방금 전 명령을 따르고자 코요가 바라는 물건을 들고 온 것이었다.

소란을 피우는 비명 소리가 시끄러워서 코요는 한손으로 치사토의 입을 막았다.

"읍, 으—읏!"

눈을 내리깔고 휘장을 걷고 들어온 마츠카제는 다름 아닌 코요에게 깔려 있는 치사토의 모습에 순간 눈살을 찌푸렸다. 그런데도 그것에 대해서는 아무 말 하지 않고 들고 온 끈을 내밀었다.

"수고했다."

코요가 옆에 놓으라고 하자 마츠카제는 명령대로 움직였지만, 다시 휘장 너머로 모습을 감추기 전에 잠시 멈춰서 등을 보인 채 조용히 말했다.

"황공하오나… 폐하, 치사토님의 마음을 부디 잊지 마시길."

"…알고 있다."

'치사토가 내게 안기기를 싫어한다는 것도…….'

알고 있지만, 치사토를 원하는 자신의 마음을 멈출 수가 없었다. 어떤 사소한 일이라도 계기로 삼으려 한다는 것에 자조하면서, 그래도 코요는 치사토를 안을 생각이었다.

"……."

코요는 마츠카제가 놓아둔 끈에 손을 뻗었다.

"어……?"

갑자기 몸이 반듯이 뒤집힌 치사토는 뜻밖에 코요의 얼굴이 가까이에 있다는 데 놀란 듯했다. 코요는 개의치 않고 치사토의 가는 두 손목을 한손으로 잡고 머리 위로 올려 재빨리 끈으로 묶었다.

무슨 일이 일어났는지 모르는 눈치인 치사토는 옅은 통증과 자유롭지 않은 두 손에 비로소 상황을 깨달은 것 같았다.

팔을 내려서 입으로 끈을 풀려고 안간힘을 썼지만, 단단한 매듭은 쉽게 풀리지 않았다. 마침내 제힘으로는 모자라다는 걸 깨달았는지 눈시울을 적시며 애원했다.

"아, 아키마사, 이거, 풀어줘."

"가만히 있을 테냐?"

"그, 그건……."

"그렇지 않다면 풀어줄 수 없구나."

가만히 있겠다고 약속하지 않을 치사토의 성격은 이미 알고 있었다. 그렇다면 어떤 식으로 울려줄까, 코요의 마음속에서 지울 방도가 없는 욕정이 끓어올랐다.

양손을 구속당한 치사토의 저항은 눈에 띄게 줄어들었다.

코요가 우치기를 벗겨 나가자 이윽고 치사토의 뽀얀 속살이 드러났다. 아름다운 기모노보다 더 빛나는 치사토의 흰 살결을 보고 코요는 저도 모르게 군침을 삼켰다.

"……아름답구나."

"…바, 바보!"

"이 세상에서 나를 바보라고 욕할 수 있는 것은 너 하나뿐이다."

평소에 들었다면 화가 치밀어 오를 그 말이 이런 상황에서는 즐거움이 앞설 정도였다.

코요는 웃으면서 치사토의 가슴에 입술을 떨궜다. 세차게 빨자 하얀 살갗에 담홍빛으로 흩어지는 흔적들. 그것이 소유의 증표라고 생각하자 치사토의 온몸을 이 증표로 물들이고 싶은 충동에 휩싸였다.

'이미 수차례 품에 안아 내 것으로 만들었는데도…….'

왜 이렇게 허기를 느끼는 것일까.

"그 입술로 사랑한다고 말해다오."

"…싫, 엇."

"치사토."

"이, 이렇게 일방적인… 웃, 그런 상대, 좋아할 수, 없어!"

커다란 눈에서 눈물이 번지고, 그런데도 당돌하게 대꾸한다.

"일방적? 하지만 내가 움직이지 않으면 넌 언제든 도망치겠지? 널 붙잡기 위해 이렇게 하는 데 나는 아무 망설임도, 죄책감도 없다."

원하는 물건을 손에 넣기 위해 하는 일을 주저하면, 그것은 확실하게 이 손을 빠져나간다. 그게 아니더라도 치사토는 코요가 살아가는 곳과는 다른 세계에서 왔다. 이른바 하늘의 아이다. 절대로 놓치지 않기 위해서라도 빨리, 그리고 더, 치사토를 쾌락에 탐닉하도록 길들여야 했다.

"멋대로 말하지 마, 웃."

그러나 치사토는 코요의 마음을 절대로 받아들이지 않겠다고 말하고 있다.

"그렇다면 하는 수 없지. 네 입에서 사랑한다는 말이 나오도록 더 귀여워해 주는 수밖에."

"……싫엇!"

치사토가 묶인 팔로 내려치려 하는 것을 직전에 막은 코요가 다시 한손을 강제로 옷자락 속에 집어넣었다.

"아… 악!"

바로 손에 닿은, 남자라는 확실한 증거. 아무리 외모가 사랑스러워도 치사토는 틀림없이 자신과 똑같은 성을 지녔다.

하지만 코요는 그 남자의 상징까지도 사랑스러웠다. 아니, 자신의 애무에 금세 딱딱해지고 느껴서 달콤한 이슬을 흘리는 모습이 여자의 교태보다 훨씬 솔직하고 알기 쉬웠다.

"그래. 이곳도 귀여워해 줘야겠군."

남자의 몸은 이곳을 자극하면 더 빨리 녹는다. 그렇게 판단한 코요는 치사토의 기모노 자락을 좌우로 헤치고 가는 다리를 들어 올려 앙상한 하반신을 눈앞에 드러냈다.

왜 이렇게 됐을까. 치사토는 이제 그 시작점조차 알 수 없었다.

오오카의 일로 코요에게 의견을 말하고, 그가 갑자기 불쾌해하고… 그러나 이렇게 팔을 묶이고 밑에 깔릴 정도로 나쁜 말을 한 기억은 없었다.

이런 생각을 하는 것은 남자답지 않아서 싫었지만, 이 남자는 결국 자신의 육체가 목적이다. 치사토의 감정 따윈 안중에도 없는 게 분명했다.

"으응, 훗, 웃, 아웃."

그리고… 동성인 상대에게 마음으로는 반발하면서도 끝내는 받아들이고 마는, 쾌감에 약한 자신의 몸이 한심해서 싫었다.

"흐읏."

이미 여러 번 치사토를 안은 코요의 손은 어떤 식으로 다뤄야 치사토의 몸이 녹아내리는지 잘 알고 있었다. 커다란 손이 억세게 남근을 움켜쥐고, 거친 손과는 정반대인 섬세한 손놀림으로 자극했다.

이슬이 솟아나는 샘을 손톱으로 가볍게 눌리기만 해도 하체가 저리는 듯한 감각이 몰려왔다. 자위를 할 때는 이런 방법으로 만지지 않았던 제 물건. 타인의 손이 선사해 주는 쾌감이 각인된 몸은 앞으로 누군가의 손길이 없으면 느끼지 못할 것 같다고 생각하자 두려워졌다.

"싫."

싫다고 외칠 새라 코요가 입술로 막았다. 두툼한 혀가 혀를 휘감고, 싫어하며 밀어내려고 하는 움직임이 결국은 상대에게 반응하는 것으로 바뀌었다. 입속에 고인 타액이 누구의 것인지 구분할 수 없게 됐을 즈음, 치사토는 눈을 굳게 내리감은 채 그것을 삼켰다.

'이제… 그만…… 읏.'

이런 키스를 나누다니 영락없는 연인 사이 같았다. 물론 연인이 아니더라도 키스하는 경우가 있겠지만, 이렇게까지 진한 키스를 생판 남과 할 수 있을 리 없다.

"흐…… 응."

자유롭게 입속을 휘젓고 다니던 혀와 마찬가지로 물건을 주무르는 손놀림이 음란해졌다.

질꺽질꺽 귀를 괴롭히는 물소리는 자신의 것에서 흐르는 무엇의 소리였다.

'부, 부끄러워.'

간신히 혀가 해방되어 평평한 가슴을 위아래로 들썩이면서 가쁜 숨을 고르려 애쓰던 치사토는 하체에 주어진 애무를 이미 받아들이고 있었다.

"으흥… 아."

눈앞에 코요의 반듯하고 남자다운 얼굴이 있다.

젖은 입술이 보이고, 치사토는 무의식중에 투명한 눈빛으로 쳐다보았다.

"어찌 그러느냐? 더 원하는 것이냐?"

웃음을 머금은 목소리를 들었지만, 안개가 짙게 깔린 것처럼 몽롱한 머리로는 이해할 수 없어서 고개를 갸우뚱했다. 그러자 코요의 미간에 주름이 파이고, 쯧 하고 혀를 차는가 싶더니 다시 입술을 포갰다.

빼앗길 듯 격렬하게 혀가 빨려 들어가고 타액이 넘어왔다. 쾌감보다 답답함이 앞서 가슴을 밀자 키스는 풀렸지만, 이번에는 코요의 얼굴이 거칠게 들썩이는 가슴께로 내려갔다.

비참할 만큼 쾌감에 휩쓸리고 있어 거부할 말이 나오지

않았다.

"아웃, 으응, 흐읏."

"어찌 그러느냐? 기분이 좋으냐?"

"아… 니… 읏."

"거짓말 마라. 너의 가장 솔직한 이곳은, 이것 보아라, 환희의 눈물을 흘리고 있지 않느냐."

코요가 치사토의 귓가에 속삭이면서 젖은 남근을 추륵 하고 훑었다. 가장 약한 끝 부분을 손톱으로 간질이듯 자극하자 치사토의 허리가 튀어 올랐다.

여기까지 이르자 치사토는 탐욕스럽게 쾌감을 요구하기 시작했다. 자신도 의식하지 못한 채 코요의 손에 제 것을 밀어붙여 멀건 액을 비비면서 어서 이 열기를 해방시켜 주 길 바랐다.

"흐응, 으응, 아."

샘에서 잇달아 방울져 흘러내리는 애액은 이미 코요의 손을 흠뻑 적셨고, 분신은 절정을 맞이할 준비를 마친 것처럼 딱딱해져 있었다. 일단 한 번 내보내면 진정될 것이다.

치사토의 그런 생각에 응답하듯 코요의 손놀림이 빨라졌다.

가슴을 혀로 핥아 올리며 한손으로는 분신을, 한손으로는 그 아래 자리한 구슬을 농락하자 치사토는 이윽고 새된 비명을 지르며 코요의 손에 열기를 토했다.

"…으윽!"

온몸을 관통하는 강렬한 쾌감 탓인지, 뿜어져 나온 체액이 코요의 손바닥은 물론이고 드러난 배와 옷에 튀었다.

"…절정에 이르렀구나."

"…아……."

코요가 우윳빛 체액이 묻은 손가락을 입에 가져가 천천히 핥는 모습을 보고, 치사토는 허리를 오소소 떨며 묶여 있는 손을 막 열기를 토한 그것에 가져가 주무르기 시작했다.

"혼자서 기분 좋을 참이냐? 치사토, 나도 어서 네 안에 들어가고 싶다."

네 뜨겁고 녹진한 속살을 만끽하고 싶다……. 이 속삭임에 치사토의 온몸이 머리부터 발끝까지 붉게 물들었다.

"하아… 윽."

젖은 손가락이 둔부에서 안으로 들어왔다.

그 순간에 아픔을 느꼈지만, 곧바로 자신의 속살이 그 손가락을 옭아맸다. 치사토는 그 탐욕적인 꿈틀거림이 참을 수 없이 부끄러워서 엎드린 자세로 코요에게 허리를 붙잡힌 채 눈을 꽉 감았다.

구속된 손은 어느새 풀려 있었다. 붉은 자국이 옅게 남은 그곳부터 체액이 묻은 손끝까지 코요가 사랑스럽다는 듯 혀로 더듬던 장면을 떠올리고 이 남자가 정말로 자신을, 아

니, 자신의 몸을 원하고 있다는 것을 실감했다.

"하아… 읏."

아무리 몸이 가냘파도, 여자로 착각할 만한 얼굴이라도, 남자로 태어나 자라온 치사토는 당연히 남자를 받아들이는 데 거부감이 있을 터였다. 그런데 저보다 크고 유연한 근육질 몸이 제 몸을 뒤덮고, 억센 품에 안기는 데 안도감을 느꼈다. 그렇게 생각하는 자신이 싫은데… 하지만…….

"…읏."

"왜 그러느냐?"

휩쓸리는 것이 두려워서 온 힘을 다해 팔을 뻗자 등 뒤에서 코요의 목소리가 들렸다. 아직도 도망갈 것이라 여기는지 약간 훈계하는 듯한 말투였다.

'…바, 보.'

이런 상황에서까지 그렇게 생각하는 남자에게 어이없었지만, 치사토는 손… 이라고 쉰 목소리로 말했다.

"손… 정도, 는, 잡… 아줘."

"치사…….."

"바… 보."

일방적인 섹스로 기분이 좋을 리 없었다. 아니, 몸은 쾌감을 느끼지만, 마음은 얼어붙고 쓸쓸해질 뿐이다. 그렇다면 손만은 잡아줘도 천벌은 받지 않을 것 같았다. 이렇게 싱싱한 몸을 바치는 것이다.

'그래도… 잘못, 이겠지.'

받아들이려 하는 것은 아픈 게 싫어서였다.

어차피 도망칠 수 없다면 기분 좋은 쪽이 득이기 때문이었다.

다만 도망치겠다는 마음까지 버렸다고는 착각하지 않길 바랐다. 남자가 안을 걸 알면서도 이곳에 머무는 이유는 이곳이 자신이 나타난 곳이기 때문이다.

어떻게 왔는지 모르는 이 세계에서 원래 세계로 돌아가려면 최소한 이곳에서 움직이지 않아야 했다.

그런 생각으로 하는 수 없이 이 남자를 받아들인 것이다.

입술을 떼고 치사토의 얼굴을 내려다보니 곱고 가지런한 얼굴이 새빨갛게 물들어 있었다.

치사토가 아무리 싫어해도 이미 몸은 제 뜻대로 농락할 수 있다는 걸 알고 있는 코요는 씁쓰레한 웃음을 입가에 띠었다.

쾌감에 약한 솔직한 육체. 자신의 쾌락을 쫓는 것은 물론이요, 그보다 더 치사토를 느끼게 하고 그 입으로 원한다고 조르게 만들고 싶었다. 그 뒤에 늠름하게 고개를 쳐든 자기의 양물을 치사토의 중심에 찔러 넣으면 눈앞이 아찔한 열락을 얻을 수 있을 것이다.

그러나 치사토와의 관계는 달콤하기만 해서는 끝나지 않는다.

'몸은 이토록 솔직한데… 왜 마음은 나를 향하지 않는

것이냐?'

여전히 도망칠 궁리를 하는 낌새고, 애써 준비하고 있는 피로연에도 관심을 보이지 않고, 더욱이 동궁인 아들의 아내가 될 여자를 걱정하고 있다.

아무리 이 몸을 감미로운 황홀경에 빠뜨린대도, 지금 자신이 손으로 가지고 노는 이 물건만 있으면 쉽게 여자를 안을 수 있다. 차라리 잘라 버리면 마음에 평온이 찾아올 텐데, 이제는 이 남자의 상징도 사랑스러운 몸을 귀여워할 때에 필요한 것이었다.

이 정도로 마음을 흔드는 상대이기 때문에 천황인 자신이 꼴사납게 애태워도 손에 넣으려 안간힘을 쓰는 것이다.

"꼭 쥐는 것이 좋을 게다."

코요는 그렇게 말하면서 뒤에서 치사토의 손 위에 제 손을 포갰다.

그러자마자 아담한 엉덩이가 가볍게 경련하는 모습을 보고, 코요는 입술로 등줄기를 쓸어 올리면서 봉오리 안에 넣은 손가락을 움직였다.

"…읏."

완전히 풀리지 않은 그곳은 딱딱하게 손가락을 옥죄고 있었지만, 이것이 서서히 뜨겁게 꿈틀거릴 순간을 이미 알고 있었다.

아무도 모르는 새하얀 몸을 이렇게까지 꽃피운 것은 자신이다.

'이제 와서 놓을 생각도, 다른 자에게 넘겨줄 생각도 없다… 으흑.'

"하악!"

추륵 하고 뺀 손가락을 이번에는 갑자기 두 개로 늘렸다. 역시 아픔을 느낀 것인지 치사토의 온몸이 굳었지만, 코요는 당황하지 않았다.

"자, 숨을 내쉬거라. 이미 몇 번이나 나를 삼켰지? 받아들이는 방법은 몸이 기억하고 있을 것이다."

"아훗, 아흐… 흐윽."

"자, 몸을 열어라."

"…으읏……."

"어서."

치사토… 귓가에 이름을 속삭이자 말보다 몸이 먼저 말을 들었다.

여인처럼 안이 젖어 손가락이 미끈하게 움직인다는 것을 안 코요는 찌걱 하고 손가락을 뿌리까지 집어넣고, 조여오는 속살에 저항하듯 손가락을 움직였다.

몸 안을 직접 만졌다. 그 손가락의 감촉을 기억하고 있는지, 치사토의 안은 기쁜 듯 손가락을 휘감고 놓지 않았다. 요염한 물소리를 내며 봉오리를 부드럽게 풀어가는 손가락에 등이 휘고, 그 강렬한 쾌감을 참는 듯 포갠 손에 손톱을 세웠다.

아픔은 욱신거림으로 변했다. 손톱이 주는 통증은 앞으

로 볼 때마다 오늘 밤을 떠올릴 달콤한 흔적이 될 것이다.

"치사토… 그래, 들리느냐, 이 기분 좋은 소리가."

"그… 렇지, 웃."

"이렇게 가느다란 손가락으로는 아쉬우냐?"

추륵 하고 물소리를 내면서 손가락을 빼자 새빨갛게 물든 봉오리가 무언가 갖고 싶다는 듯 호흡하는 것이 보였다.

치사토의 몸은 이미 이 안에 뜨거운 것을 채워달라고 애원하고 있었다.

코요도 더 이상 안달 나게 할 생각은 없었다. 허리끈을 풀고 하체를 드러내 이미 젖어 끓어오르는 양물을 봉오리에 갖다 댔다.

"……으훗."

치사토의 남근에서 흘러내린 애액과 코요의 그것이 소리를 내면서 봉오리 위에서 섞여 그대로 젖은 구슬까지 양물로 쓸어내렸다.

열기를 뿜어내고 가벼워졌을 그곳이 남근 너머로 다시 뜨겁게 무거워지는 것을 알 수 있었다. 이번에는 함께 토해내자…… 그런 생각에 코요는 삽입하지 않은 채, 안달을 부리며 뒤돌아보는 치사토에게 말했다.

"이것을 원하지 않느냐?"

"그, 그게… 웃."

"이것은 어서 네 안에 들어가고 싶다고 이슬을 흘리고 있는데?"

조그마한 입술이 당장에라도 원한다고 빌 듯 달싹이기 시작했지만, 곧이어 꾹 닫혔다.

'말하지 않는 것이냐?'

어떻게든지 그 입을 열게 만들겠다고 결심한 다음 순간, 부르르 떨리는 입술이 얄미운 말을 내뱉었다.

"그, 그냥 좀 알라고, 바보!"

원한다는 그 한마디만 하면 되는데 그것조차도 자존심 때문에 꺼내지 않고, 그 대신 쥐어짜듯 토해낸 치사토의 미운 소리. 하지만 그에 코요의 분신은 더욱 기세가 맹렬해졌다.

'이런 반응도 사랑스러운 나도… 어리석은 걸지 모르겠구나.'

달콤함이 아니라 고집에 끌리는 자신을 자조하면서 코요는 흥분한 양물에 준비해 둔 향유를 떨어뜨리고 몇 번 문질렀다.

가는 허리를 붙잡고 충분히 젖은 뭉툭한 끝에 힘을 주어 치사토의 봉오리를 눌렀다. 방금까지 손가락을 두 개 머금었다고 볼 수 없을 정도로 조신하게 닫힌 치사토의 그곳은 양물을 쉽게 받아들이지 못했다. 코요는 양물을 봉오리에서 물러나게 한 다음, 재차 윤활제를 바르려는 듯 다시 젖은 주머니와 협곡을 적셨다.

"……."

감질 나는 움직임에 치사토의 허리가 흔들렸다. 빨리, 라고 유혹하고 있는 듯한 착각에 빠졌지만, 그것은 무의식적인 유혹이었다.

"숨을 내쉬거라."

억지로 들어 올린 작은 둔부의 골짜기에 다시 뭉툭한 끝을 댔다. 방금 전과 다르지 않은 저항이 있었지만, 이번에는 물러서지 않고 억지로 허리를 전진시켰다.

"하… 악."

"입을 열어야지."

호흡을 편하게 해주기 위해서 한손을 치사토의 입가에 가져가 손가락을 넣었다. 이에 부딪혀 미세한 통증을 느꼈지만, 전혀 개의치 않았다.

이마에 배어나온 땀이 치사토의 흰 등에 떨어져 그대로 흘러내렸다.

"으…… 흥."

가장 뭉툭한 끝 부분을 받아들이자 나머지는 쉽게 들어갔고, 그것은 치사토의 봉오리를 질퍽질퍽 찔러댔다. 이렇게 작은 곳에 잘도 제 강직(剛直)이 들어간다고 감탄했지만, 그만큼 치사토가 코요를 원하고 받아들인다는 증거였다.

"웃하아, 하아… 웃."

이윽고 젖은 풀숲이 치사토의 엉덩이에 닿았다. 흰 피부와 맞닿은 검은 풀숲이 음란하기 그지없었다.

여기까지 오자 코요도 한숨 돌리며 양물을 얽어맨 속살의 감촉을 즐겼다. 지금이라도 격렬하게 안을 찌르고 싶었지만, 아직 치사토의 감각이 따라오지 않았겠지… 그렇게 생각했는데, 문득 시선 끝자락에 치사토가 제 하반신에 직접 손을 뻗고 있는 모습이 보였다.

'이미 녹았느냐?'

완벽하게 쾌락의 노예가 된 치사토의 몸은 감질 나는 애무로 만족하지 못하는 것이리라. 코요에게 보이지 않도록 손을 뻗어 제 물건을 문지르려고 하는 치사토를 이대로 모른 척할 생각은 없었다.

"흐윽!"

"아직 절정을 맛보기엔 이르다, 치사토. 더 이 쾌락에 몸을 맡겨라."

뒤에서 뻗은 손으로 앙증맞은 남근의 뿌리를 움켜쥐었다. 쾌감이 막힌 치사토가 나지막한 신음 소리를 흘리면서 그 손을 떼어내려 했지만, 정신이 흐트러진 틈을 타 코요가 갑자기 허리를 잡아당겨서 이번에는 단숨에 전부를 찔러 넣었다.

"아흑, 잠, 잠, 깐… 으흣!"

치사토는 입을 벌린 채 필사적으로 숨을 쉬면서 애원했다. 그러나 당연히 코요는 아랑곳하지 않고 양물로 몇 번이고 속살을 밀어 올렸다.

"잠… 아아훗."

"기다리지 않겠다."

치사토에 맞추어주면 두 사람이 원하는 최고의 순간이

멀어진다.

"하, 하지만, 읏, 숨이 읏."

"기다릴 수 없다, 치사토. 하아……."

바닥에 짓눌린 입술에서 타액이 흘러 우치기를 적셔간다. 아깝다며 손가락으로 닦아 입에 넣자 이것 역시 달콤하다.

"하아, 하아, 하윽."

"…읏, 치사토… 훗."

코요는 이마에 땀을 흘리며 제 양물이 붉디붉어진 봉오리를 드나드는 것을 지그시 내려다보았다. 티 없는 등을 실컷 깨물더니 이번에는 느끼고 있는 얼굴이 보고 싶다며 똑바로 눕혔다. 눈앞에 사랑스럽게 솟아 있는 가슴 장식을 맛보고 싶어져서, 몸을 숙여 그것을 입에 머금으려 했다.

"아, 아팟!"

무리한 자세였는지 치사토가 소리를 지르고, 그 순간 양물을 머금고 있던 속살이 강하게 죄어왔다. 코요에게는 기분 좋은 구속이었다. 무심코 만족한 숨을 흘린 코요는 돌기를 혀로 지분댔다.

"흐응, 아얏, 이… 으흥."

"……."

"그, 그런, 곳은, 싫어!"

"……."

몇 번인가 절정에 이르러 이성이 돌아왔는지, 치사토의

입에서 다시 거부하는 말이 많아지기 시작했다.

'요염하지 않군…….'

마음은 적잖이 부정하고 있지만, 몸은 아무리 봐도 기뻐하고 있었다. 그렇다면 솔직하게 말로 표현하면 좋을 텐데, 치사토는 자신을 받아들이지 않았다는 입장을 고집할 작정인 것 같았다.

그렇다면 고집해도 상관없었다. 시작이 어떻든 이렇게 품 안에 붙잡아두면 결국은 자신에게 응할 것이기 때문이다.

하지만 이토록 솔직한 몸이라면 다른 손길로도 쾌감을 느끼지 않을까—그것이 코요의 새로운 걱정거리였다. 치사토가 탈출을 포기하지 않는 한, 그것을 이용하려는 무리의 먹잇감이 되지 않으리라고는 장담할 수 없었다.

"아훗, 으응, 으응."

"치, 사토, 흑."

쾌감이 높아지는 것은 치사토만이 아니었다.

코요도 숨을 헐떡이며 속살을 후비듯 허리놀림을 멈추지 않았고, 힘없이 늘어진 치사토의 손을 움켜쥐었다.

"아흑!"

치사토의 속살이 격렬한 쾌감을 느끼는 곳. 몇 번인가 몸을 섞으면서 알게 된 그곳을 양물로 찔러대서 더 큰 교성을 내지르게 했다.

삽시간에 이 이상 없을 정도로 양물이 조여져서 하마터면 뜨거운 것을 쏟아낼 뻔한 코요는 우선 자신보다 먼저,

라고 움켜쥔 치사토의 상징을 다소 난폭하게 문질러 절정으로 인도했다.

"!!"

그 순간의 구속에 코요도 치사토의 가장 깊은 곳에 뜨거운 물보라를 쏟아냈다.

"으… 으윽."

아직 딱딱한 양물로, 토해낸 씨를 속살에 스미듯 몇 번이고 휘저어 움직이자 혈기로 가득한 분신은 지칠 줄 몰랐다. 다시 녹진해진 속살을 맛볼 목적으로 허리를 흔들었다.

몇 번이나 절정에 치달았어도 잇달아 욕정이 불타올라 허기는 점점 심해져만 갔다. 서로 마음이 통하지 않기 때문인지 모르지만, 그렇다고 해서 코요는 새삼 자신의 표현방법을 바꿀 수는 없었다.

"…윽."

몸 아래에서 하느작대는 하얀 존재를 어떻게 하면 전부 제 것으로 만들 수 있을까—그렇게 생각한 순간,

"사랑한다…… 윽."

무의식중에 흘린 말에, 치사토가 놀란 것 이상으로 코요 자신도 놀랐다.

쾌감을 재촉하는 말이나 음란한 속삭임은 많았지만, 이렇게 진지하게 마음을 전한 적이 있었던가.

그런 것을 생각하면 묘하게 부끄러워져서 코요는 되묻는 듯한 눈빛으로 바라보는 치사토를 외면하고 다시 달콤한

몸을 탐하는 데 몰두했다.

*　　*　　*

눈을 떴을 때, 눈앞에 사람의 피부가 보였다.

아무래도 누군가에게 안겨 있는 것 같았다. 치사토는 그 것이 코요라는 걸 확인하고 한숨을 쉬었다.

다른 때라면 자신이 눈치채기 전에 남자가 일어나서 일 하러 나갔을 테지만, 오늘은 드물게 치사토가 먼저 눈을 뜬 것이다.

"……."

꼭 안긴 자세에서 남자의 얼굴을 올려다보는 일이 드물 어서, 치사토는 다시 감기려는 눈꺼풀을 필사적으로 뜨고 그 얼굴을 보았다. 남자답게 단정하고 날렵한 얼굴은 항상 근엄하거나 놀리듯 웃음을 띠고 있었지만, 지금은 무방비 상태로 자고 있어서 다소 어리게 보였다.

언제나 말끔하게 넘긴 머리카락이 흐트러져서 성인 남자 의 관능을 느끼게 했고, 음란한 행위의 여운이 또렷하게 드 러나 있어서 부끄러웠다.

"대체 왜……."

'굳이 내가 아니라도, 당신은 마음껏 고를 수 있잖아.'

이 세계에서 가장 대단한 존재.

모두가 납작 엎드리는 강한 존재.

게다가 이 외모라면 딱히 자신같이 수상한 남자를 아내로 삼으려 하지 않아도 된다고 생각했다.

아니, 한 발 양보해서 한 번은 색다른 경험을 했다손 치더라도 이렇게도 끈질기게, 끈질기게 끈질기게… 몸에 난 키스 마크가 지워질 겨를도 없을 정도로 빈번하게 안지 않아도 됐다.

"……난 테크니션?"

'아니면 명기인 걸까?'

거기까지 생각하자 얼굴이 빨개졌다. 결국 이 남자의 마음속까지는 모르겠다고 대충 포기하고 다시 눈을 감았다.

하지만 문득 자신의 몸을 내려다본 치사토는 그 몸이 깨끗이 닦여 있고 속옷 대용인 코소데가 입혀져 있다는 것을 발견했다.

'이건…….'

어쩐지 섹스를 할 때보다 의식이 없는 동안 옷을 갈아입혀진 것이 더 부끄러웠다. 얼마나 흉한 꼴을 보였을지 상상하기도 끔찍해서 치사토는 다시 한 번 잠들기 위해 억지로 눈을 감고 자신을 타일렀다.

*　　　*　　　*

오늘은 아침부터 맑았다.

코요는 신하들이 올린 우란분회(盂蘭盆會)에 관한 목록을 읽고 있었다.

일 년에 두 차례, 조상에게 공양을 올리는 제사에 부를 승려의 이름, 출석자, 그때 바칠 공물의 종류에 이르기까지 모두 한 번에 쭉 훑어보았다.

"……."

부족한 물건과 이번에는 부르지 않을 자 등 코요가 정정해야 할 부분을 고친 뒤, 옆에서 대기하던 장인(藏人) 오오미야 토고(大宮東吾)에게 내밀었다.

"이렇게 진행하라."

"네."

빠르게 목록을 확인한 오오미야는 과연, 하고 입속으로 중얼거렸다.

"과연 폐하십니다. 저희들도 빠진 것이 없도록 숙고해서 올렸습니다만, 이렇게 친히 지적해 주시니 아직 부족했다는 것을 알겠습니다."

진지하게 말하는 오오미야에게 코요는 씁쓸한 웃음을 흘렸다.

"네가 처음 맡는 중요한 업무다. 부족한 점이 있어도 아무도 이의를 제기하진 않을 것이야. 그것보다도 지적한 곳에 유념해 나중에 도움이 되도록 하라."

코요의 측근에서 중개인·중요 문서 관리·사무 등의 일을 담당하는 관직인 장인.

작년까지는 경험 많은 초로의 장인이 하던 일이었는데

올해는 새롭게 관직에 오른 오오미야를 책임자로 앉히도록
코요가 손수 지시했다.

노련한 자에게 맡기는 것이 마땅하겠지만, 젊은 힘을 기
르는 것도 천황의 중요한 일이라고 선대 천황인 아버지에
게 배웠다. 본래는 상사가 해야 할 일일 터이지만 이상하게
도 힘을 쥔 자는 그것을 놓으려 하지 않았다.

'오오미야를 지명할 때도 반대가 거셌지만……'

그러나 아무리 힘이 있는 자라고 해도 그 훨씬 위에 있는
천황은 거역할 수 없는 법이다.

"그런데 폐하."

"응?"

목록을 품에 단단히 넣은 오오미야가 말을 이어갔다.

"우란분회 전에 황후님의 피로연이 있습니다."

"참, 그렇지."

"광려전에서 일하지 않는 자들은 어서 치사토님을 뵙고
싶다며 성화입니다. 폐하께옵서도 기대하고 계시겠지요."

"……"

당연히, 라고 코요는 생각했다.

지금은 극히 한정된 사람만 알고 있는 치사토의 존재를
한시라도 빨리 온 나라의 백성들에게 알리고 싶다……. 그
생각은 지금도 변함없지만, 정작 당사자인 치사토는…….

"……"

코요는 정갈하게 손질된 중정을 바라보았다. 아니, 실제

로는 그 너머에 있는 경상전을 보고 있었다.

"오오카가 있는 곳에 갈 거야! 고양이를 보여주려는 것뿐이니까 방해하지 마!"

간식을 함께 먹은 뒤 일어서려던 코요에게 치사토가 빠르게 내던진 말.

그런 일을 당하고도 아직 오오카의 거처에 다니는 것이냐며 기가 찼지만, 이렇게 다시 보고를 해주는 것은 좋은 변화로 받아들여도 좋을 것 같았다.

'마츠카제가 함께 있으니 무슨 일이 생기면 즉시 보고하겠지만.'

실제로 본 오오카의 너무 앳된 모습도 코요의 걱정을 매우 가볍게 덜어주었다. 그 소녀를 상대로 치사토가 마음을 어지럽힐 리가 없었다.

다만…….

"오오미야."

"네."

"오오카를 모시는 궁녀들의 신원을 모두 확인해 두거라. 내게 흉계를 품은 좌대신의 둘째 여식이다. 만일의 경우를 대비하는 편이 좋겠구나."

"즉시 분부 받들겠습니다."

"부탁한다."

코요가 그렇게 명령하자 오오미야는 깊게 머리 숙여 절한 뒤 자리를 떠났다.

아직 할 일이 태산이지만, 숨 돌릴 여유가 생겼디. 빨리 마음의 안녕을 찾고 싶었으나 그 일에 가장 필요한 인물의 협력은 당분간 얻기 힘들 듯했다.

*　　　　*　　　　*

"너무나도 귀엽습니다……."

"맞아. 고양이는 보기만 해도 마음이 편안해지는 것 같아."

"네."

얼굴을 들고 수줍게 미소 짓는 오오카에게 치사토도 방긋 웃었다.

'역시 여자아이의 웃는 표정은 귀여워.'

너무 어린 소녀에게 이상한 마음을 품는 게 이상하다. 정말로 이상한 오해를 하는 코요가 나쁜 어른이라고 생각할 수밖에 없다.

"치사토님, 맛있는 과자를 받았어요. 함께 드시겠어요?"

생각이 옆길로 새려던 찰나, 치사토는 과자라는 말에 즉각 반응했다.

"괜찮겠어?"

"소녀도 혼자서 먹는 것보다 치사토님이 함께 드셔주시

면 좋지요."

"응, 고마워. 잘 먹을게."

그 대답에 기쁜 듯 방긋 웃은 오오카는 옆에 있던 궁녀에게 바로 준비하라고 말하고 있었다.

성격이 소심해서인지 자기를 섬기는 궁녀를 상대로도 쭈뼛거리는 오오카를 곁눈질하면서 치사토는 당장에라도 따끔하게 한마디 해주고 싶었지만 참았다.

만약 여기서 자신이 궁녀들에게 오오카를 더 존경하라고 말하면 그 자리에서는 따를지 모른다. 하지만 그 뒤가 어떻게 될지…… 가만히 지켜볼 수 없을 만큼 상상하기가 곤란했다.

마츠카제와 다른 궁녀들이,

"여인 세계에는 여인들만의 전쟁이 있사옵니다."

이렇게 으름장을 놓았고,

"치사토님이 오오카님을 걱정하시는 마음은 매우 감사한 일이오나 그곳과 이곳은 다른 질서가 있사옵니다. 지나치게 간섭하시면 오오카님의 입장이 난처해지실지도 모르옵니다."

라고도 했다.

적어도 오오카가 주인이잖아, 라고 생각했지만, 아직 아이라고 할 만한 나이인 오오카와 이미 이십대인 궁녀 중 어느 쪽이 경험이 많을지는 고민할 것까지도 없었다. 어린 주인에게 충고한 뒤에 은근히 무례하게 대하는 장면을 상상해 보자 그렇지 않아도 의지할 사람 하나 없는 이 저택에서 오오카가 외톨이가 될지도 모른다는 생각이 들었다.

"들어가겠사옵니다."

"아."

얼마 지나지 않아 치사토와 오오카 앞에 차와 과자가 놓였다.

일전에 코요와 함께 경상전에 왔기 때문인지 자신을 무척 공손하게 대하는 듯 느껴진 것은 기분 탓이 아니었다.

아무래도 동궁인 코요의 아들과 결혼할 오오카보다 현 천황의 황후인 치사토가 지위가 높기 때문이리라. 이곳에서도 어쩐지 권력이 관계되어 있는 듯해서 싫었지만, 현재 상황은 그랬다.

"드세요. 치사토님."

"잘 먹을게."

오오카가 권하자 치사토는 눈앞에 놓인 만주를 입에 넣었다.

'너무 달아······.'

"어떠세요?"

기대로 가득한 오오카의 표정에 치사토는 당황해서 웃어 보였다.

그 답변에 안심한 듯 오오카도 만주를 조금 베어 물고, 달고 맛있다며 혼잣말을 했다.

'착한 아이 같은데······.'

이런 시대에 부모를 거역할 수 없어서 이렇게 어린 나이에 결혼한 꼴이 되고 만 것이다. 이 시대에는 흔한 일일지도 모르겠지만, 그런 운명에 농락당하는 어린 소녀가 무척 불쌍했다.

"또 올게."

오오카의 방에 조금 더 있으려고 했지만, 오오카의 곁에 대기하는 궁녀들의 시선이 신경 쓰였다. 치사토는 점점 앉아 있기가 거북해져서 일찌감치 그 자리를 떠났다.

오오카는 배웅할 때 쓸쓸해 보이는 표정을 짓고 있었는데, 치사토는 미안하다고 사과하며 뚱뚱하고 커다란 고양이를 품에 안고 제 방으로 돌아왔다.

"……."

"……."

"…저기, 마츠카제."

자유롭게 혼자서 걸을 수 없는 치사토 뒤에는 마츠카제가 따르고 있었다. 본래는 네다섯 명은 데리고 다녀야 했지만, 치사토의 의견이 통해서 이 정도로 줄어들었다. 저택 안에 있는 별채에 가는 것이기 때문에 코요도 특별히 허락한 모양이었다.

오오카도 이런 식으로 제 의견을 말할 수 있으면 좋으련만, 그 성격으로는 도저히 무리일 것 같았다.

"오오카, 외롭지 않을까?"

"왜 그렇게 생각하셨습니까?"

"왜냐하면……."

'자기 하인인데도 어쩐지 어려워하는 듯 보인달까…….'

치사토도 이 저택 안에 제 편이 낳다고 할 수 있을 정도는 아니었다. 그러나 마츠카제는 마치 친누나처럼 다정하게 대해주었고, 코요에게도 할 말은 다 할 수 있었다.

'후환이 두렵지만.'

하지만 오오카 주위에 있는 사람들은 어쩐지 쌀쌀맞고, 제 주인인데도 오오카를 걱정하는 기색이 없는 것 같았다.

'저러면 마음 편할 때가 없을 것 같은데…….'

"사정이 있으시겠지요. 오오카님도 좌대신의 둘째 따님이라고는 하나 정실부인의 따님은 아니시옵기에 여러 가지 고초가 많으실 것이옵니다. 치사토님, 부디 굽어 살펴주시옵소서."

"응, 뭐, 할 수 있는 건 해주고 싶지만……."

'나도 계속 옆에 붙어 있을 수는 없는 데다 결국 돌아갈 거고…….'

자신이 없어도 오오카를 지켜줄 사람.

자신보다 더 힘이 있는 사람.

"……."

걸으면서 고민하던 치사토가,

"아!"

갑자기 큰 소리로 외쳤다. 그 목소리에 놀랐는지 치사토의 품안에 있었던 고양이가 갸악 하고 둔탁하게 울더니 품

안에서 달아나고 말았다.

"치사토님, 다치신 곳은?"

마츠카제는 초조한 듯 치사토의 손을 잡고 이리저리 살펴봤지만, 치사토는 그런 것보다 반대로 마츠카제의 손을 꼭 쥐었다.

"카즈아키! 만날 수 있을까?"

"네?"

갑작스럽게 치사토의 입에서 나온 말에 마츠카제는 당황한 듯 되묻고 말았다.

탁— 탁— 탁—

부채로 무릎을 두드리는 소리가 일정하게 울렸다.

'… 화낼 리, 없… 겠지? 이만한 일로.'

눈앞에 앉아 있는 코요는 가만히 치사토를 응시하며 치사토가 먼저 이야기를 꺼내기를 기다리고 있었다.

아니, 치사토는 이미 소원을 입에 담았고, 나머지는 남자가 허락하면 그걸로 끝이었지만, 무슨 이유에서인지 아까부터 내내 입을 꾹 다문 채 아무런 말도 하지 않았다.

"저기, 어차피 결혼시켜도 될 것 같으면, 장래에 두 사람이 결혼하지 않아도 카즈아키가 이곳에 있는 한 오오카를 지켜줄 존재가 됐으면 좋겠어."

'그다지 이상하지 않은데.'

이럴 정도로 이상한 말을 한 기억이 없고, 생각할수록 어려운 일이 아니라고 여겼지만, 대체 무엇이 걸리는 걸까.

치사토는 살짝 치뜨고 흘겨보면서 다시 한 번 물었다.

"…되지?"

"좋지도 나쁘지도 않다. 어찌 네가 나서느냐?"

"왜, 왜라니, 걱정되잖아. 오오카는 아직 어린애니까 누군가 신경 써줘야 한다고. 그리고 내가 알고 있는 사람 가운데 가장 힘이 있는 게 당신이고. 그런 당신이 허락해 주면 전—부 해결될 것 같은데."

"치사토."

좋은 생각이라고 무심코 웃을 뻔한 것을 참고 이야기했지만, 코요는 황당하다는 듯 한숨을 일부러 크게 내쉬며 말했다.

"네 생각을 모르는 바는 아니다. 나도 직접 보니 오오카는 어리다 싶었어. 하나 그렇다고 해서 어찌 네가 카즈아키와 만나야 하느냐? 할 말이 있으면 편지를 써서 사람을 시켜 보내거라."

"그건 남한테 맡기는 셈이잖아!"

치사토는 입술을 삐죽 내밀었다.

다른 사람에게 맡겨도 일은 해결되겠지만, 글을 보게 하는 것과 직접 만나서 말로 설명하는 것은 온기가 다르다. 대화는 감정도 실을 수 있기 때문에 이야기하는 사이에 눈치챌지 모른다.

'딱히 바람피울 생각도 없는데……! 바, 바람이라니, 무

슨 생각을 하는 거야?'

이 이상 고민하면 숫제 다른 이야기까지 나올 것 같아 치사토는 고개를 절레절레하면서 생각을 전환하고, 흥미롭다는 듯 자신을 바라보는 존귀한 남자에게 딱 잘라 말했다.

"아무튼! 내일 카즈아키와 만나게 해줘! 괜찮지?"

여기서 말을 끊는 게 이기는 것이라고 여기며 치사토는 벌떡 일어섰다. 그러자 이제야 부채를 두드리는 것을 멈춘 코요가 입을 열려고 했다.

"그곳에는 나도……."

"당신은 됐어! 일이 바쁘지?"

어김없이 말할 것 같아 선수 쳤다. 다소 못마땅한 표정으로 바뀐 남자의 얼굴에 치사토는 우흐흐 하고 웃음이 흘러나왔다. 언제까지고 설득당하거나 휩쓸릴 줄 알면 오산이다.

"일하는 데 방해하고 싶지 않고, 당신 아들이면 내 아들이기도 하잖아? 아들을 만나러 가는 건데 아—무 문제없지?"

코요가 말하려는 것을 약점 삼아 공격하자 마침내 눈앞의 남자다운 얼굴이 부드러워졌다.

"알았다. 하나 나도 조건이 있다."

'왠지, 불길한 예감이…….'

의외로 깨끗이 물러서는 코요의 의미심장한 웃음에 치사토는 그 속내를 짐작하고 방어 태세를 갖췄다.

치사토가 마츠카제를 데리고 모습을 드러내자 건널복도에 대기하고 있던 궁녀가 엎드려 설한 뒤 안에 알렸다.

"카즈아키님, 황후님이 뵙고자 청하시옵니다."

"들어오시라 일러라."

"…윽."

'화, 황후…….'

설마 여기서 그렇게 불리리라고는 생각지 않았는데, 코요의 아들인 카즈아키에게는 자신이 새어머니라는 위치에 있었다. 지금으로서는 남자인 데다 다른 세계의 사람인 걸 들키지 않았기 때문에, 호칭 정도로 불평해서 자리가 서먹해지는 것도 싫었다. 치사토는 간신히 입을 다물고 고개를 끄덕인 뒤 안내하는 방으로 들어갔다.

카즈아키는 발 건너편에 있지 않고 이미 안쪽으로 들어와 인사하고 있었다.

"잘 와주셨습니다."

지난번에도 느꼈지만, 여덟 살짜리 소년치고는 무척 어른스러운 코요의 아들, 카즈아키.

그토록 자신을 집요하게 안는 코요에게도 이렇게 큰 아이가 있다고 생각하자 새삼 마음이 복잡한 반면, 장래 천황이 될 이 소년에게 흥미도 생겼다.

카즈아키는 좀처럼 고개를 들지 않았다.

아무래도 치사토가 상석에 앉아 발이 내려지길 기다리는

모양이었다.

'그렇게까지 신경 쓰지 않아도 되는데……'

치사토는 익숙지 않은 기모노 걸음걸이로 카즈아키의 바로 옆에 앉았다.

"고개 들어. 그리고 이름 불러도 되지?"

"…괜찮습니다. 새어머님."

"그렇게 부르지 말아줄래? 혀… 나, 나도 아직 어리거든."

성별도 그렇지만, 어째 나이도 단숨에 먹은 것 같은 기분을 느끼고 있자니 카즈아키가 천천히 고개를 들었다. 코요와 많이 닮았다. 하지만 아직 너무 앳된 표정의 카즈아키에게 치사토는 웃으며 답인사를 했다.

"오늘은 갑자기 시간 뺏어서 미안해."

"…아닙니다."

치사토의 사과에 카즈아키는 조용히 고개를 저었다. 그런 태도도, 일본이라면 겨우 초등학교 이삼학년인 소년의 것으로 볼 수 없었다.

"바쁘지 않았지? 그, 공부하고 있었다든지."

"새어머님을 뵐 시간을 할애하지 못할 만큼 대단한 일은 아닙니다. 그보다 제게 급하게 하실 말씀이 무엇입니까?"

"치사토라고 부르라니까?"

고지식한 카즈아키는 부친이자 천황인 코요의 존재가 절대적이라고 여기는 듯했지만, 치사토는 카즈아키의 엄마가 될 생각은 눈곱만치도 없었다.

딱히 카즈아키가 싫은 게 아니라 본래 남자인, 게다가 그럴 나이도 아닌 자신이 엄마가 될 수 있을 리 없었다.

'그 사실은 전혀 모르겠지.'

자신의 아내가 되었으니 아이의 엄마인 게 당연하다고 여기는 것이라면 온전히 잘못 짚었다.

"저… 치사토, 님?"

"아, 미안."

무심코 속으로 코요에게 불평하던 치사토는 카즈아키가 호칭을 바꿔서 부르는 소리에 카즈아키를 쳐다보았다.

"그게, 오늘 시간을 내달라고 한 이유는 오오카님 때문인데……."

"오오카님? 좌대신의 둘째 여식을 말씀하시는 것입니까?"

"응, 맞아. 알아?"

"제 여어라고 들었습니다만."

"…그러니까, 여어라는 뜻, 알고 있지?"

거듭 확인하듯 묻자 카즈아키는 네, 라고 확실히 대답했다.

"처이지요? 제가 성인식을 치름과 동시에 결혼이 정해져 있습니다. 그래서 그분도 이미 경상전의 여어로 불린다고 알고 있습니다."

카즈아키는 의미를 정확하게 알고 있었지만, 어딘가 남

의 일인 양 말하는 것처럼 들리는 건 치사토의 기분 탓일
까?

나이가 어려도 보통 제 결혼이나 결혼 상대에 관해서 궁
금해하는 법인데……. 이 시대에 태어난 사람에게는 이것
이 보통이라고 하면 조금 충격이다.

"치사토님?"

재촉하듯 부르는 소리에 치사토는 비로소 오늘 만난 목
적을 입에 올렸다.

"저기 말이야, 그 애와 만났는데 왠지 무척 쓸쓸해 보였
어."

"……."

"그래서 너만 괜찮으면 말인데… 네가 그 애를 만나서
친구가 되었으면 좋겠어."

"친구?"

처음 듣는 단어인지 신기한 듯 반복하는 카즈아키에게
새삼 그 뜻을 설명하려고 하다가… 막혔다. 이것이 동성이
라면 이야기가 쉽겠지만, 오오카는 카즈아키와 결혼할 가
능성도 있으니 평범한 친구 사이가 될 수 있을지는 미묘했
다.

그렇지만 앞으로 몇 년간 오오카의 든든한 아군이 돼줄
인물이 곁에 있어주길 바랐다.

"장래 결혼하지 않아도 친구는 될 수 있다고 생각지 않
아? 물론 네 입장에서는 여러 가지 문제가 있을지도 모르

지만, 형도 아키마사에게 부탁해 볼 테고, 잠깐이라도 만나보면 다를 거야!"

"…형?"

"아."

흥분한 탓인지 호칭을 틀렸다. 치사토는 어물쩍 넘기려는 듯 웃었지만, 카즈아키의 표정에 수상쩍게 여기는 빛이 감돌았다.

그것이 방금 한 친구 발언 때문인지, 아니면 치사토의 말투를 향한 것인지는 판단하기 어려웠지만, 이왕 말한 거 끝까지 말하려고 치사토는 몸을 앞으로 내밀었다.

"안 될까? 잠깐 얼굴 보는 것도 금지된 일이야?"

"기다리십시오, 치사토님. 그것은……."

"이곳에는 오오카님의 편이 하나도 없는 것 같아. 하지만 아키마사 다음으로 지위가 높은 네가 오오카님을 아낀다는 소문이 퍼지면 주위에서 그녀를 보는 눈이 달라질 거야. 매일 만나라는 건 아니야. 시간이 빌 때로 충분하니까 오오카님을 찾아가 주지 않을래?"

"……."

말로 확실하게 거절은 하지 않았지만, 카즈아키의 표정은 곤혹스러운 기색을 띠었다.

'내가 말하는 게 그렇게 어려운 걸까?'

며칠에 한 번, 얼굴을 비치는 것만으로도 효과가 클 것이라고 생각하지만, 그것조차도 동궁이라는 입장인 이 소년에게는 어려운 일일까?

'뭐~야, 가장 좋은 방법이라고 생각했는데~엣!'

지금은 아직 명목뿐인 동궁의 결혼 상대 후보. 하지만 실제로 카즈아키가 오오카를 찾아가게 된다면 그녀를 보는 주위의 눈도 제법 달라지리라.

그렇게 되면 하인 따위에게 얕보이는 듯한 말을 듣지 않게 될 것이라 생각했지만… 당사자인 동궁이 내켜하지 않는다면 이야기가 진행되지 않는다.

"……."

"……."

"…미안, 억지를 부렸네."

치사토는 한숨을 억누르고 그렇게 말했다. 아무리 어른스러워 보인다고 해도 여덟 살 소년에게 이런 이야기는 아직 이를지 모른다.

'이 아이, 아키마사보다 진지한 성격인가 보네.'

어릴 적부터 색마였음이 분명한 코요와 피가 이어진 아들이라고 하지만, 진지해 보이는 카즈아키는 사랑에 빠졌을 때 보이는 반응도 다르겠지.

"음~ 그러니까, 내 이야기는 이게 전부야."

"……."

"바쁜데 미안해."

이 이상 몰아세우듯 부탁하기가 안쓰러워서 치사토는 그 자리를 떠나려고 일어섰다.

그리고 그대로 건널복도로 발길을 돌리려고 했다.

"기다려 주십시오."

뜻밖에 확실한 어조로 카즈아키가 치사토를 불러 세웠다.

"치사토님의 뜻에 따를 수 있을지 없을지는 모르겠습니다만, 제가 오오카님을 방문하는 것은 가능합니다. 괜찮으시다면 함께 가시겠습니까?"

"어… 정말?"

갑자기 진전되는 이야기에 치사토는 저도 모르게 치사토의 팔을 덥석 잡고 되물었다. 치사토의 그 손이 신경 쓰였는지 카즈아키는 시선을 제 팔에 고정한 채, 그러나 분명하게 고개를 끄덕였다.

"오오카님은 제 여어가 되실 분입니다."

"고마워!"

"……우왓!"

치사토는 저도 모르게 카즈아키를 부둥켜안았다.

표준 이하인 치사토보다도 더 마른 카즈아키는 치사토의 무게를 이겨내지 못했고, 두 사람은 겹쳐지듯 넘어지면서 제자리에 엉덩방아를 찧고 말았다.

"치사토님!"

"카즈아키님!"

카즈아키의 비명에 복도에서 기다리고 있던 마츠카제와 카즈아키의 궁녀들이 허겁지겁 방 안으로 들어왔다. 그리고 카즈아키를 깔아뭉개는 듯한 자세로 넘어져 있는 치사토의 모습에 순간 말문이 막혔지만, 맨 먼저 정신을 차린 마츠카제가 손을 내밀어주자 치사토는 카즈아키의 몸 위에서 일어설 수 있었다.

"아파라~"

자신의 체중은 물론이고 기모노의 무게도 상당했다. 치사토는 바로 카즈아키의 상태를 보려고 했지만, 오히려 카즈아키의 안절부절못하는 손길에 팔을 붙잡혔다.

"다치신 곳은 없습니까?"

"으, 응, 미안. 기뻐서 나도 모르게 안아버렸네. 너야말로 다치지 않았어?"

보기에는 상처가 없는 듯했지만, 카즈아키의 표정이 어둡게 가라앉았다.

"네. 죄송합니다. 제가 한심해서 치사토님을 버티지 못해서……."

"그렇지 않아!"

느닷없이 매달린 자신이 나빴다. 게다가 아무리 마른 편이라고 해도 여덟 살 소년에 비하면 치사토가 키도 몸무게도 있어서 버티지 못하는 게 당연했다.

여전히 미안한 듯 고개 숙인 카즈아키를 달래려고 했던 치사토가 자세를 바꾸자마자, 발목에 날카로운 통증을 느끼고 나지막이 신음했다. 아무래도 발목을 접질린 것 같았다.

"치사토님."

"아, 응, 괜찮아."

'난 몇 번이나 다치는 거야.'

칼슘 부족이라고 자조하고, 이번에는 신중하게 일어서려고 했지만 역시 통증이 있어서 제자리에 털썩 주저앉고 말았다.

"의사를 부르세요."

"아, 아무렇지도 않다니까."

모처럼 카즈아키가 오오카의 방에 가려고 하는데 정작 말을 꺼낸 장본인이 다쳐서 가지 못하게 되면, 이곳에 온 목적조차 희미해진다. 하지만 통증을 숨기려고 하는 치사토를 본 마츠카제가 깨끗하게 단념시켰다.

"일단 돌아가시는 편이 좋겠습니다."

그렇게 말하고 이번에는 카즈아키에게 면목 없사옵니다, 라고 사죄했다.

'이 상태로는 아무래도 오오카에게 가기는 글렀어.'

치사토는 앞뒤 가리지 않은 자신의 행동을 새삼 저주했다.

"치사토님, 오오카님에게는 발이 낫는 대로 함께 가시지요. 언제라도 불러주십시오. 지금은 아픈 발을 치료하시는 편이 좋을 것 같습니다."

카즈아키에게까지 걱정을 끼쳐서 치사토는 머리를 숙였다.

"미안. 형이 먼저 말을 꺼내놓고……."

"그런 건 괘념치 마십시오. 그보다 사람을 불러야겠습니다."

다리가 아픈 치사토를 마츠카제 혼자서 데리고 가기는 무리라고 판단한 걸까. 말릴 새도 없이 복도에 나간 카즈아키의 뒷모습을 보고 있는데,

"무슨 일이십니까, 카즈아키님."

낯익은 목소리가 들렸다.

"마침 잘 됐다! 나카츠카사, 손을 좀 빌려다오."

"손을?"

"……엑."

짧은 대화 뒤, 카즈아키에게 팔을 잡힌 나카츠카사가 나타났다. 제자리에 주저앉아 있던 치사토를 보고 다시 한 번 카즈아키를 보고 나서, 나카츠카사는 기가 차다는 어조로 말했다.

"이번에는 미아는 아니시군요, 치사토님."

"미아?"

이제까지의 복잡한 사정을 전혀 모르는 카즈아키가 치사토와 나카츠카사의 얼굴을 번갈아보면서 물었지만, 치사토는 바로 설명하지 못했다.

'또 나타났어…….'

치사토는 나카츠카사의 의아스러운 눈빛에서 미묘하게 시선을 돌리면서, 어떻게 이곳에 저 남자가 있는지, 아니,

왜 카즈아키가 불러 세운 것이 하필 저 남자인지 넌더리가
날 지경이었다.

코요와 아주 오래 알고 지낸 사이인 것 같았고, 마츠카제
의 이야기로 들어 제법 우수한 인재인 점은 알고 있었지만,
왠지 매번 자신이 꼴사나울 때만 마주치는 기분이 들었다.
대반소를 탐색할 때와 미아가 됐을 때, 그리고 이번—

무거운 기모노만 아니었으면 이렇게 다치지는 않았을 텐
데, 이 상황에서는 사람을 가릴 처지가 아니었다.

결국 지금은 자신을 별로 탐탁지 않게 여기는 남자의 손
을 빌릴 수밖에 없다, 라고 치사토는 경련이 일어날 듯한
볼에 간신히 미소를 띠우며 죄송하다고 국어책 읽는 것처
럼 사과했다.

"바쁘신 줄은 알지만, 광려전까지 데려다 주시겠습니
까?"

"……."

"부탁드립니다, 나카츠카사님."

자신이 이렇게까지 말하지 않아도 나카츠카사는 싫어도
따라야 하는 입장이겠지만, 나중을 생각하면 공손하게 대
하는 게 나았다.

'나중에 아키마사에게 이 일에 관해 일러바쳐도 곤란하
고.'

"…분부 받들겠습니다."

"나카츠카사, 미안하다."

"카즈아키님, 이후의 일은 염려 마십시오."

"……."

'나를 대하는 태도와 달라…….'

아이를 상대로, 더구나 코요의 아들이라는 점을 감안해도, 이 부드러운 말투든 상냥한 눈빛이든 어쩐지 차별받는 기분이 들었다.

'…딱히 상관없지만.'

치사토도 카즈아키에게 걱정을 끼칠 생각은 없었기 때문에 오늘 있던 일의 감사 인사와 사과를 동시에 했다.

"오늘은 정말 고마웠어. 결국 이렇게 돼버려서 미안. 하지만 약속은 잊지 않았지? 이삼 일이면 말짱하게 걸을 수 있을 거야."

"하오면 제가 미리 경상전의 여어에게 사람을 보내겠습니다. 사흘… 아니, 나흘 뒤, 모시러 가겠습니다."

그럭저럭 오오카의 방에 갈 의욕이 떨어지지는 않은 것 같았다. 그 점에 안심하고 있는데 카즈아키가 하오나, 라며 거듭 주의를 주었다.

"반드시 나으실 때까지는 무리하시면 안 됩니다."

"……."

"치사토님."

"알았어, 꼭 약속할게."

치사토가 가까스로 대답하자, 카즈아키는 옆에서 가만히 두 사람의 대화를 듣고 있던 나카츠카사를 보며 부탁한다고 당부했다.

"……."
"……."

안겨 있는 이 상황을 어떻게 할 수 없을까?

이왕이면 업히는 게 나은데 기모노가 걸리적거리는 모양인지 결국 이런 꼴이 되었다.

복도에서 스쳐 지나가는 사람들의 눈이 휘둥그레지는 모습을 보고 나중에 어떻게 수습하느냐고 한마디 쏘아붙이고 싶어졌다.

"…어쩐지."
"……."

"이상한 생각 하고 있지?"

침묵이 싫어서 치사토는 제 쪽에서 먼저 나카츠카사에게 말을 걸었다.

"당신, 평소에 운동 많이 하나 봐? 이런 치렁치렁한 기모노를 입은 나를 가볍게 옮기는 걸 보니. 아, 아니면 이걸 무겁게 느끼는 건 나뿐인가?"

쉴 새 없이 말을 쏟아내자 나카츠카사가 시끄럽다는 듯 쳐다보았다. 자신 역시 좋아서 말을 거는 건 아니라고 핑계를 댈 뻔했는데 이윽고 나카츠카사가 입을 열었다.

"어투가 흐트러지셨습니다."

"…아."

그러고 보니 전에도 이것을 주의 받았다. 몇 번을 말해도 알아듣지 못하는 녀석이라고 생각하고 있는지 무시하는 듯한 시선이 아팠다.

"애써 귀여운 용모로 꾸미셨으니 민가의 아가씨 같은 언동은 조심하시는 것이 좋겠지요. 그렇게 하시면 겉으로는 속아줄 것입니다."

"……."

'이 자식, 태연하게 무례한 말을 하네.'

요컨대 겉과 속이 너무 다르다고 하는 것이다. 하지만 이쪽이 본래 모습이기 때문에 부정당하는 것이 불쾌했다.

가만히 있어도 좋을 텐데 치사토는 기어이 대꾸하고 싶었다.

"그쪽도 겉과 속이 완전히 다른 것 같아. 여인을 그렇게 속이지 말았으면 좋겠는데 말야."

"……."

"이봐, 내 말 들리지?"

"치사토님."

"뭐, 뭐?"

"말씀을 다소 삼가시는 것이 어떨는지요. 그렇지 않아도 제게 창피하게 안겨 계시는 모습을 보고 다른 분들이 어떻게 여기실지 생각해 보셨습니까? 치사토님, 그대가 바라지 않아도 그 몸은 황후로서 항상 주목받고 있습니다. 각오 단단히 하십시오."

심한 말이었지만, 그것이 치사토의 지금 신세라고 말하고 있는 것이다.

치사토는 비참하게도 저항할 말이 떠오르지 않아서 제 방에 돌아갈 때까지 입을 굳게 다물고 말았다.

*   *   *

치사토가 다쳤다.

나카츠카사에게 직접 보고를 받은 코요는 일찌감치 집무를 일단락하고 광려전으로 돌아갔다.

"치사토."

"……."

곧장 치사토의 방을 찾아가자 반기는 것은 아이같이 부루퉁한 얼굴이었다.

처음에는 아픈 탓에 그런 표정을 짓고 있는 줄 알았지만, 어쩐지 다른 요인이 있는 것 같았다. 코요는 고통이라기보다 골이 잔뜩 난 듯한 그 얼굴을 보면서 앞에 앉았다.

"무슨 일이냐?"

"……."

"다리가 아픈 것이냐? 나카츠카사의 소견으로는 이삼 일이면 나을 만한 정도라고 하던데……. 의사를 부를까?"

"필요 없어."

이윽고 입을 연 치사토는 여전히 표정이 어두웠다.

"잠깐 생각하고 있었던 것뿐이야."

"생각하고 있었다?"

"나를… 주위에서 당신의 아, 아내라고, 진짜 다들 그렇게 생각하는 거야?"

"…새삼스럽기는."

코요는 황당한 듯 한숨을 쉬었다.

처문을 거치고, 몇 번이고 설명하고, 게다가 제 뜻과는 다르지만 어쨌든 치사토는 이곳에 머물러 주었다고 생각했는데……. 아직도 자각하지 못하는 것 같았다.

아니, 카즈아키와 오오카 일로 할 말이 있다고 말을 꺼냈을 때, 조금은 자신의 입장을 자각하고 있다고 여겨 기쁘기조차 했다.

장래 카즈아키의 황후는 오오카로 내정되어 있지만, 동궁이 성인이 될 때까지 가문의 위세가 변할 가능성이 있었다. 그사이에 좌대신의 지위가 달라졌을 때, 오오카는 카즈아키의 수많은 처 가운데 한 사람은 될 수 있을지 모르나 황후라는 지위에 오르는 것은 다른 아가씨일 수도 있다.

극히 당연한 일이지만, 하늘에서 내려온 치사토에게는 이해하기 어려운 부분이라고 포기도 하고 있었으나, 한편으로는 황후로서 미래를 내다보고 있을지도 모른다고 생각했었다.

'아무래도 내 희망사항이었던 것 같군.'

코요와 치사토의 마음에는 아직도 커다란 차이가 존재하

는 것 같다.

침울한 치사토는 매우 허무해 보였다. 코요는 그 존재를 확인하듯 손을 뻗었다.

"앗."

치사토의 몸을 품에 꼭 껴안자 갑자기 자세가 바뀌어서 다리에 통증이 퍼졌는지, 치사토의 얼굴이 고통으로 일그러졌다. 하지만 지금은 이 손을 놓을 생각이 없었다.

"아, 아프다고!"

"치사토, 피로연은 열흘 뒤다."

"…뭐?"

갑작스러운 통보에 치사토가 허점을 찔린 듯한 표정을 지었다. 그런 사랑스러운 사람에게 대답은 들은 셈 치겠다, 라고 힘주어 말했다.

"나와 너의 피로연은 앞으로 열흘 뒤에 거행된다. 그러면 너는 명실공히 이 코요의 황후가 되는 것이다."

치사토가 마치 쏟아질 듯 눈을 크게 뜨고 자신을 올려다보았다. 항의하고 싶겠지만 놀라서 그 말조차 나오지 않는 걸지도 모른다.

치사토가 동요하고 있는 사이에 코요는 보드라운 얼굴에 입술을 대고 그 달콤한 향을 마음껏 맡았다. 그러자 약간 낯선 향이 느껴져서 미간을 찌푸렸다.

'이건… 나카츠카사의 것인가.'

다리를 다친 까닭에 안아 올렸다고 미리 보고를 받았지

만, 실제로 치사토와 밀착해서 증거를 들이대어지니 기분이 썩 좋지 않았다. 당장에라도 이 위에서 자신의 향기를 새로 입히고 싶었다.

"자, 잠깐, 저기 말이야."

"초대할 자들에게도 이미 그 뜻을 일러두었다."

"일러두었다니, 그러니까!"

구체적인 일정을 듣고서야 자신들의 관계가 크게 변화한다는 것이 비로소 현실성을 띠어 피부에 와 닿았는지, 치사토는 급하게 무언가를 말하려 했지만 모든 것은 이미 정해졌다.

이제 와서 치사토가 당황해도 뒤바꿀 수는 없다. 앞으로 열흘, 이 광려전 안에서 도망치기란 불가능하고, 피로연만 무사히 마치면 지금보다 더욱 치사토의 몸을 농락할 수 있을 터다.

"네가 내 처라는 사실은 지금도 변함없지만, 피로연을 치르면 기정사실이 된다. 치사토, 이제 내게서 달아나지 못한다고 생각해라."

"시, 싫어."

"이미 마츠카제와 의논해 네게 잘 어울리는 연회복을 정했느니라. 분명 사랑스러운 신부라고 다들 칭찬할 것이다."

코요의 머릿속에 그 자태가 선명하게 떠올랐다.

"몹시 기다려지는구나, 치사토."

그 누구도 가진 적 없는 하늘의 아이를 이 광려 시대의 천황이 손에 넣었다.

치사토가 남자든 코요를 마음에 품지 않았든 간에, 손에 들어오면 강제로라도 돌아보게 만들 자신이 있었다.

품속에서 투덜대던 치사토는 다리 부상을 잊고 있었는지 몸부림치다 악, 하고 외마디 비명을 지른 뒤 금방이라도 울 듯한 표정으로 바뀌었다. 정말이지 보고 또 보아도 질리지 않는다.

"앞으로 열흘이다."

코요는 도리칠치는 치사토의 턱을 잡고 눈을 맞추며, 파르르 떠는 붉은 입술에 미소 짓는 제 것을 포갰다.

『섬(纖)의 제회(際會)』 끝

작가 후기

다시 뵙게 되었습니다. 안녕하세요. chi―co입니다. 『이연(異戀)~섬(纖)의 제회(際會)~』을 선택해 주셔서 감사합니다.

2권이 생각보다 이르게 출간돼서 저 역시 무척 기쁩니다.

지난 번 강제로 결혼이 성립된 치사토. 이 결혼이 정말로 '술래잡기'였다면 술래에게 잡히는 순간 끝나겠지만, 받아들이지 않은 치사토는 코요 천황으로부터 도망치려고 안간힘을 씁니다. 옆에서 보면 '이제 포기하지'라고 말리고 싶을 정도로, 몸은 완전히 개발되었는데 고집은 아직 버리지 않은 모양입니다(호호).

이야기는 치사토와 코요 천황의 시점에서 번갈아 진행되는데 여전히 서로 다른 생각을 품고 있는 주인공들을 지켜보고 있노라니 답답해 죽을 지경입니다. 당분간은 두 사람의 마음이 이어지기 어려울 것 같군요.

　이번 삽화도 아키히코 선생님이 그려주셨습니다. 1권은 훌륭한 삽화에 감탄사가 절로 나왔는데 2권은 헤이안풍의 두 주인공을 더욱 완벽하게 표현해 주셨습니다. 어떻게 하면 이렇게 아름다운 그림을 그릴 수 있는 걸까요? 여러분도 쥬니히토에의 아름다움을 만끽하셨으면 좋겠습니다.

　그리고 2권은 책 말미에 작은 선물을 준비했습니다. 주인공은 치사토를 모시는 궁녀 마츠카제입니다. 평소 그녀가 얼마나 바쁘고 고단하게 생활하는지 살짝 엿보시길 바라는 마음에……

　그와 더불어 본편보다 약간 달달한(?) 주인공들의 관계도 함께 즐기시길 바라요.

chi-co

홈페이지 주소《your song》
http://chi-co.sakura.ne.jp

번외편
마츠카제의 한숨

　이 시대의 천황인 코요의 새 황후를 모시는 궁녀 마츠카제.

　본디 그럭저럭 명망 있는 가문 출신인 마츠카제는 당초 코요 천황의 갱의 후보로 광려전에 부름을 받았다. 하지만 코요 천황이 도통 흥미를 보이지 않았고 마츠카제 역시 갱의라는 지위에 관심이 없어서, 어느샌가 코요 천황의 전각인 광려전을 도맡아 관리하게 되었다.

　많은 이들이 코요 천황의 성격을 완전히 파악하고 있는, 머리가 좋은 마츠카제에게 의지했다. 그리고 지금은 어린 주인에게 예의와 법도를 가르치고 돌보는 것이 마츠카제의 일과였다.

아침부터 밤까지 온종일 코요 천황의 총애가 깊은 황후 치사토를 상대해야 하기 때문에 긴장을 늦출 틈이 없을 정도였지만, 최근 들어서는 치사토가 점점 일상에 적응해 가는 덕분에 조금씩 숨 돌릴 여유가 생겼다.

점심 식사를 마친 뒤, 코요 천황이 치사토와 함께 시간을 보내고 있을 때였다.

두 사람을 방해하지 않도록 자리에서 물러나 느긋하게 차를 마셨다. 치사토의 시중이 고통스러운 것은 아니었으나 마츠카제는 이 시간을 한가롭게 즐기고 있었다─그런데.

"마츠카제님!"

별안간 날아든 다급한 목소리와 쿵쾅거리는 발소리에 이맛살을 찌푸렸다.

"폐하와 치사토님이……!"

뛰어 들어온 어린 궁녀는 어떻게 설명해야 할지 모르겠다는 듯 그저 같은 말만 되풀이하고 있었다.

"두 분이 언쟁을 시작하셨습니다."

호들갑 떨지 말라고 호통을 치려던 찰나 가까스로 들은 말에 즉시 일어나 발걸음을 옮겼다.

코요 천황이 첫눈에 반한 치사토라는 인물은 사랑스럽고 가녀린 외모와 달리 남성이었다.

원래대로라면 아이를 생산하지 못하는 치사토를 황후에

앉히는 일은 간곡히 말려야 정상이겠지만, 이미 전 황후와의 사이에서 낳은 황자가 동궁으로 책봉되어 있었고, 더욱이 완고한 코요 천황의 마음을 뒤집기가 여간 곤란한 게 아니었으므로 결국 가까이에서 모시는 몇몇 궁녀는 치사토의 존재를 받아들이게 되었다.

한마디 덧붙이자면 마츠카제는 치사토가 마음에 들었다.

절대적인 존재인 천황 앞에서 당당하게 제 의견을 말하고, 자신이 인정할 수 없을 때는 과감하게 맞섰다. 걸핏하면 아이처럼 제멋대로 굴었지만, 마츠카제는 그 정도로 강인한 분이라면 코요 천황의 곁에 있어도 흔들리지 않는 존재가 되리라 믿었다.

"…맞잖아!"

"무슨 소리, 네 말은 이치에 맞지 않다."

"그거야 기억을……!"

복도까지 울리는 두 사람의 말다툼 소리에 마츠카제는 방 안에 들어가기 전에 한숨을 길게 내리쉬고 나서 발 너머로 자신이 왔음을 고했다.

"어인 일이시옵니까?"

"마츠카제!"

그 순간 강풍이 몰아친 듯 발이 크게 출렁이더니,

"내 말 좀 들어봐!"

화려한 빛깔의 우치기가 눈에 비치고, 자신보다 작은 몸이 품으로 파고들었다.

"치사토님?"

"들어봐, 마츠카제! 아키마사는 너무해!"

"진정하시옵소서."

달래듯 치사토의 등을 쓰다듬자 흥분이 조금 가라앉은 것 같았다.

그사이에 마츠카제는 좌불안석하는 다른 궁녀를 눈짓으로 물러나게 했다.

그리고 지금 치사토는 마츠카제의 바로 옆에, 코요 천황은 언짢은 표정으로 그 맞은편에 앉아 있다.

'그렇게 노려보셔도……'

코요 천황은 마츠카제에게 달라붙어 있는 치사토가 탐탁지 않은지 연신 파닥파닥 부채질만 해대고 있었다.

"그런데 대체 어인 일이시옵니까?"

두 사람을 이대로 두었다간 언제까지고 이런 상황이 계속될 것 같아 자초지종을 물으니 옆에 있던 치사토가 먼저 입을 열었다.

"아키마사가, 나는 오늘 밤에 섹스하기 싫다고 했는데 그런 건 관계 없다잖아!"

"부부가 몸을 섞는 것은 당연한 일이다."

"아키마사는 집요해! 방금 점심을 먹었는데 다짜고짜 위에 올라타다니!"

"과식한 네가 나쁘다. 그렇게 너구리처럼 배가 볼록한 너라도 안고 싶은 내 애정을 모르겠느냐?"

"모, 몰라! 이 색마!"

'그런 말씀을 큰소리로……'

마츠카제는 지끈거리는 머리를 꾹 눌렀다.

구속을 싫어하는 치사토는 가둬두고 싶어 하는 코요 천황과 자주 언쟁을 벌였다.

말다툼의 원인은 주로 잠자리에 관한 문제였다.

아직 몸과 마음이 미성숙한 치사토가 낮밤 가리지 않고 덤비는 코요 천황을 거부하는 것도 알고 있었고, 사랑한다는 이유로 늘 안고 싶어 안달하는 코요 천황의 마음도 이해가 갔다.

서로 한 발짝씩 양보하면 좋을 텐데 고집 센 치사토는 물론이요, 지금껏 남을 배려한 적이 없는 코요 천황도 좀처럼 제 뜻을 굽히지 않았다.

"어떻게 생각해?"

"마츠카제도 나와 생각이 같을 테지?"

두 사람에게 번갈아 질문을 받자 마츠카제는 일단 고민하듯 눈을 감았다가 다시 입을 열었다.

"치사토님, 오늘 저녁 식사는 조금 적게 드시옵소서. 그렇게 하면 부푼 배로 폐하를 받아들이시는 일은 없을 것이옵니다."

"뭐─?"

코요의 편을 들었다고 잔뜩 입이 나온 치사토를 보며 제 뜻이 통했다고 웃는 코요 천황.

하지만 평등해야 했다.

"치사토님의 옥체가 상하실까 저어되니 폐하께옵서도 자중하여 주시옵소서."

이번에는 치사토의 눈동자가 반짝 빛나고, 코요 천황은 마뜩찮은 듯 이맛살을 찌푸렸다.

그러나 이야기가 길어져도 결론이 나지 않자, 마츠카제는 '물러가겠사옵니다'라고 인사하고 일어서면서 한마디 덧붙였다.

"폐하는 이만 정사를 돌보실 시간이옵니다. 치사토님도 공부하실 시간이옵니다. 두 분 모두 서두르시옵소서."

광려전에 있는 이들은 이렇듯 두 사람에게 딱 잘라 말할 수 있는 마츠카제를 수시로 찾았다.

"마츠카제님, 폐하께옵서!"

"마츠카제님, 치사토님이 찾으십니다."

"마츠카제님!"

도움이 되는 것이 기쁜 반면 스스로 처리해도 될 만큼 사소한 일도 많아서, 그런 경우에는 생글생글 웃으며 싫은 소리를 하면 대개는 풀이 죽어 물러갔다.

"제 몸은 하나인지라 여러분이 같이 움직여 주시지 않으면 몸겨눕게 될 겁니다."

이렇게 되돌아갈 생각이면 처음부터 오지 말라고 마음속
으로 악담을 퍼붓지만······.

단, 코요 천황과 치사토 두 사람이 얽힌 일은 직접 나서
야 해결되기 때문에 마츠카제는 숫제 본가에도 들르지 못
하는 형편이었다.

치사토의 저녁 식사가 끝나고 목욕까지 시키자 오늘도
간신히 하루가 끝났다.

마츠카제는 자는 일만 남은 치사토에게 인사하고 제 방
에 돌아가면서 한숨을 깊게 내쉬었다. 하루하루 보람이 있
다고는 하나 역시 하루가 저물면 피곤이 몰려왔다.

"···이번에 휴가를 청해볼까?"

피로연이 끝나고 치사토가 광려전에 마음을 붙일 즈음에
한번 본가에 다녀와야겠다고 마음먹었다.

'사흘 정도면 별일 없겠지.'

그 정도는 치사토도 얌전히 지낼 것 같았다.

"식사를?"

"네. 이런 일은 처음이라······."

어제 하루 코요 천황의 명으로 피로연을 준비하느라 분
주하게 오가는 통에 치사토의 시중을 들지 못했다.

그러자 오늘 아침 식사를 나른 궁녀가 어제부터 치사토
가 식욕을 잃고 시무룩한 얼굴을 하고 있다고 전했다. 사내

이기 때문인지 활동적으로 침전을 돌아다니거나 정원에 나가는 것이 치사토의 일과였다는 걸 고려해 볼 때 걱정스러운 상태였다.

"폐하는?"

"용태를 지켜보자고 하셨습니다. 하오나 무척이나 걱정하시는 눈치였습니다."

사실은 오늘 낮까지 해야 할 일들이 쌓여 있었지만, 치사토의 상태가 마음에 걸렸다. 마츠카제는 알겠노라고 고개를 끄덕였다.

치사토의 방에 가까이 가도 아무 소리가 나지 않았다.

"치사토님, 마츠카제입니다. 들어가도 되겠사옵니까?"

"……."

"치사토님."

"……응."

나직하게 허락하는 목소리를 알아듣고 마츠카제는 들어가겠사옵니다, 하며 양해를 구한 뒤 안으로 들어섰다.

치사토를 직접 보니 궁녀 말대로 기운이 없어 보였다. 하지만 병을 앓는 것 같진 않았고 어딘지 모르게 불안한 표정이었다.

"어제는 자리를 비워 송구하옵니다. 별일 없으셨사옵니까?"

아무것도 모르는 척 묻자 치사토의 눈빛이 정처 없이 흔들렸다.

"싫… 어……."

"네?"

"사, 사라지면… 싫어."

커다란 눈망울에서 홀연히 흐르는 눈물. 대관절 무슨 일인가 싶어 손을 내밀려 했는데 그보다 먼저 치사토가 손을 뻗어 마츠카제를 꽉 껴안았다. 곧이어 아이처럼 우는 치사토의 등을 쓸어내리면서 마츠카제는 '왜 그러십니까?' 라고 참을성 있게 물었다.

"그, 그게, 마츠카제가 집에 간다고……."

"네에?"

사정을 들으니 아무래도 그제 누군가 마츠카제의 혼잣말을 듣고 그것을 치사토에게 전한 듯했다.

마츠카제는 그런 실없는 소리를 진담으로 받아들이고 치사토에게 일러바친 자도 황당했지만, 한편으로는 치사토가 눈물을 보일 정도로 자신과의 이별을 아쉬워한다는 것이 고마워서 오해라며 치사토를 달랬다.

마츠카제의 말을 가만히 듣던 치사토는 금세 안심하더니 뱃속이 텅텅 비었다는 게 생각난 모양이었다.

꼬르륵거리는 치사토를 위해 무언가 내오겠다고 고하고 방을 나온 마츠카제는 조금 앞에 보이는 누군가의 모습에 미소를 머금었다.

"폐하."

"아무래도 꾀병이 나은 모양이군."

"저 같은 것을 그리워해 주시니 영광이지요."

마츠카제가 놀리듯 말하자 코요 천황은 난처한 기색으로 쓸쓸하게 웃었다.

"설마 이렇게까지 너를 의지하게 될 줄은 몰랐느니라."

"폐하의 신뢰에 보답이 되시옵니까?"

"그만하면 차고도 넘친다."

마츠카제의 충정을 의심하지 않는다. 다만 치사토에 관한 일이라면 코요 천황의 시야가 너무 좁고 질투심을 숨기지 못하는 것이다.

그 정도로 치사토에 빠져 있는 마음이 엿보여서 마츠카제는 염려놓으십시오, 라고 덧붙였다.

"소인은 두 분의 행복을 기원할 따름이옵니다."

"정말이지… 저 녀석이 한시라도 빨리 나를 따르면 좋을 텐데……."

한숨 섞인 하소연은 코요 천황의 본심일 것이다. 그것은 곧 마츠카제의 휴식으로 이어지겠지만, 코요 천황이 과도하게 애정을 쏟는 방법이 달라지지 않는 한 남의 이야기일 뿐이었다.

'치사토님이 어서 헤아려 주셔야 할 텐데…….'

다소 억지스럽기는 해도 치사토에 대한 코요 천황의 애정은 진심이었다. 어서 그 애정을 받아들이고 노련하게 제어하게 되면 좋겠지만… 아마 그것은 먼 훗날의 일.

마츠카제는 앞으로 얼마나 더 한숨을 쉬게 될지 생각해 보았지만… 끝이 없어서 그만뒀다.

"치사토님이 기다리셔서 서둘러야겠사옵니다."

배고프다며 난리칠 치사토의 모습을 상상하곤 한숨을 쉰 마츠카제는 입꼬리를 들어 올린 채 옷자락을 가르며 대반소로 가는 발걸음을 재촉했다.

『마츠카제의 한숨』끝

역자 후기
코요의 그린 라이트는 언제쯤 켜질까요?

　요즘 푹 빠져서 헤어 나오지 못하는 방송이 있습니다. 19금 연애의 모든 것을 이야기하는 프로그램이지요. 그 프로그램에서 가장 재미있게 보는 꼭지가 '그린 라이트를 켜줘'인데요. 2권을 번역하면서 코요의 사연을 투고하고 싶다는 생각이 들었습니다. 자기가 세상에서 제일 높은 천황이라고 기세등등한 이 남자의 사연. 재미있을 것 같지 않으세요?

　저는 20대 후반 남자입니다. 키도 크고, 몸매도 좋고, 남들은 저보고 모 배우(독자 여러분의 상상에 맡기겠습니다)를 닮았다고 하는데요. 돈도 많고, 집안도 좋고, 학력도 어디 가서 빠지지 않습니다. 이만하면 엄친아 아닌가요?
　이런 제가 좋아하는 사람이 생겼습니다. 키도 작고, 나이도 어리고, 피부도 하얗고, 눈도 동그랗고, 입도 거칠고, 저와 비슷한 점이라곤 눈곱만큼도 찾아볼 수 없는 아이였죠. 늘 엉뚱한 말만 해대고, 가끔은 오지랖이 태평양 수준이라 뒷수습은 고스란히 제 몫입니다.

첫눈에 마음을 뺏긴 저는 열렬한 구애 끝에 얼마 전 첫 데이트 비슷한 걸 하게 되었습니다. 다른 연인들처럼 길거리에서 어묵도 사먹고 아이쇼핑도 하고 마지막으로 제 딴에는 마음을 전하겠다고 큰맘 먹고 흰 망아지 한 마리를 선물했어요. 환하게 웃는 모습을 보려고 최선을 다했습니다. 그런데 이 아이는 멋진 말보다 못생기고 뚱뚱한 데다 능글맞기까지 한 고양이에게 관심을 보이지 뭐예요. 속상했지만 참았습니다. 그 아이가 좋다고 하는데 싫은 내색을 할 순 없었어요.

제 말에 꼬박꼬박 말대꾸하고, 남들 앞에서 망신을 주기도 합니다. 그래도 밥은 같이 먹으려고 찾아옵니다. 혼자 먹으면 심심해서 입맛이 달아난다나요? 지난번에는 제가 그동안 만난 여자들을 살짝 질투하는 낌새를 보이기도 했습니다. 그리고 밤(?)에는 너무나도 요염한 모습으로 제게 매달립니다. 솔직히 그럴 때마다 그 아이의 마음을 잘 모르겠습니다. 먼저 좋아한 게 죄라고 번번이 웃으면서 받아주는데, 이거 그린 라이트 맞나요?

저는 2권을 번역하면서 먼저 그린 라이트를 켰습니다. 일단 코요의 매력에 흠뻑 빠져서 저라도 편을 들어주고 싶었고, 치사토는 이대로 놓치기가 안타까울 정도로 사랑스럽습니다. 그리고 치사토의 가슴 한구석에서도 간질간질 작은 물결이 일기 시작했거든요. 아직까지는 제 마음을 눈치채지 못하고 부정하고 있지만, 이야기가 전개될수록 작은 물결이 큰 파도로 변해갔으면 하는 바람입니다.

두 주인공의 관계는 달이 차는 과정과 닮았습니다. 『이연』의 부제목이 그것을 함축적으로 표현하고 있습니다. 1권에서 두 주인공의 관계가 육안으로 보이지 않는 초하룻날의 형태였다면, 2권에서는 초승달처럼 만월을 향한 첫걸음이 시작되었습니다. 이것이 제가 그린 라이트를 켤 수밖에 없었던 이유이기도 하고요. 구름이 잔뜩 낀 밤에는 잘 보이지 않을 정도로 가는 초승달이 어느새 보름달이 되듯이, 사랑도 아주 작은 설렘에서 마음을 태울 만큼 큰 불로 번져가는 게 아닐까 싶습니다.

오늘 우리는 어떤 사랑을 하고 있을까요? 초하룻날처럼 인연을 찾는 분도 있고, 초승달처럼 시작하는 연인들, 혹은 보름달처럼 행복으로 가득한 나날을 보내는 부부도 있겠죠?

치사토가 코요의 속을 이제 그만 태웠으면 싶은
윤슬

삭(朔)의 만남

chi-co 글 ㅣ 아사히코 그림
윤슬 옮김

여름방학에 할머니 집을 방문한 코미야 치사토는 커다란 창고에서 화려한 골동품이 가득 담긴 궤를 발견한다. 그 빼어난 아름다움에 매료된 치사토는 달콤하게 피어오르는 향기를 맡고, 갑자기 눈앞의 광경이 흔들리면서 궤 속으로 고꾸라지고 만다.
정신을 차려보니 헤이안 시대와 비슷한 옷을 입은 사람들이 북적거리는 곳. 게다가 치사토에게 아내가 되라고 강요하는, 오만한 천황이라는 존재가 나타나는데……?!

〈그와 그들의 은밀한 눈 맞춤〉 엘르노블